CHEMINS TOXIQUES

*Pour Carla qui supporte
toutes mes faiblesses et singularités.*

1

MARDI 2 NOVEMBRE
11H55

L'école Woodridge, un établissement privé de Heath Cliff, en Pennsylvanie, avait été autrefois la résidence de William Heath qui avait donné son nom à la ville. Près de trois cents élèves fréquentaient l'école installée dans un bâtiment de trois étages en pierres noires et rouges, où William Heath avait vécu de 1891 à 1917, en la seule compagnie de son épouse et de ses trois filles.

Tamaya Dhilwaddi était en CM2 dont la salle de classe, située au troisième étage, avait été la chambre à coucher de la plus jeune des trois filles. La maternelle occupait les anciennes écuries.

À l'époque de William Heath, le réfectoire était

une somptueuse salle de bal, où des couples élégamment vêtus dégustaient du champagne et dansaient au son d'un orchestre. Des lustres de cristal étaient toujours accrochés au plafond mais, aujourd'hui, on y sentait en permanence une odeur rance de macaroni au fromage. Deux cent quatre-vingt-neuf jeunes, âgés de cinq à quatorze ans, s'y empiffraient de Cheetos, échangeaient des blagues à base de morve, renversaient du lait et poussaient des hurlements sans raison apparente.

Tamaya ne poussait pas de hurlements, elle étouffait plutôt des exclamations en mettant la main devant sa bouche.

— Il a une barbe super-longue, avec des taches de sang partout, disait un garçon.

— Et pas de dents, ajouta un autre.

C'étaient des élèves des grandes classes. Tamaya éprouvait un sentiment d'excitation à la seule idée de leur parler, bien que, jusqu'à présent, elle ait été trop intimidée pour oser dire un mot. Assise au milieu d'une longue table, elle déjeunait avec ses amies Monica, Hope et Summer. La jambe d'un des garçons n'était qu'à quelques centimètres de la sienne.

— Le type ne peut pas mâcher lui-même, raconta le premier garçon qui avait parlé, ses chiens doivent mâcher à sa place. Ensuite, ils recrachent et là, il peut manger.

– C'est absolument dégoûtant ! s'exclama Monica, mais à en juger par l'éclat de ses yeux quand elle prononça ces mots, Tamaya comprit qu'attirer l'attention de garçons plus âgés procurait à sa meilleure amie la même excitation qu'à elle-même.

Ils parlaient aux filles d'un ermite fou qui vivait dans les bois. Tamaya ne croyait pas la moitié de ce qu'ils disaient. Elle savait que les garçons aiment bien se rendre intéressants. Mais c'était quand même amusant de s'y laisser prendre.

– Sauf que ce ne sont pas vraiment des chiens, dit celui qui était assis à côté de Tamaya. Ils ressemblent plutôt à des loups ! Ils sont énormes, noirs, avec des crocs géants et des yeux rouges qui brillent la nuit.

Tamaya frissonna. L'école Woodridge était entourée de bois et de collines rocheuses qui s'étendaient sur des kilomètres à la ronde. Chaque matin, Tamaya se rendait à pied à l'école en compagnie de Marshall Walsh, un garçon de cinquième qui habitait à trois maisons de la sienne, de l'autre côté d'une avenue bordée d'arbres. Le trajet faisait plus de trois kilomètres, mais il aurait été beaucoup plus court s'ils n'avaient pas dû contourner les bois.

— Qu'est-ce qu'il mange ? demanda Summer.

Le garçon assis à côté de Tamaya haussa les épaules.

— Ce que ses loups lui apportent, dit-il. Des écureuils, des rats, des gens. Il s'en fiche, du moment que ça le nourrit !

Le garçon mordit dans son sandwich au thon et en arracha une grosse bouchée, puis il imita l'ermite en rentrant les lèvres pour faire comme s'il n'avait pas de dents. Il ouvrait et refermait la bouche dans un mouvement exagéré, montrant à Tamaya le bout de sandwich à moitié mâché.

— Tu es répugnant ! s'exclama Summer, assise de l'autre côté de Tamaya.

Les garçons éclatèrent de rire.

Summer était la plus jolie des amies de Tamaya, avec ses cheveux d'une blondeur de paille et ses yeux couleur de ciel bleu. Tamaya se doutait que c'était la raison pour laquelle les garçons acceptaient de leur parler. Ils se conduisaient toujours comme des idiots dès qu'ils étaient en présence de Summer.

Tamaya, elle, avait les yeux sombres et des cheveux foncés qui lui arrivaient au milieu de la nuque. D'habitude, ils étaient beaucoup plus longs, mais trois jours avant la rentrée, alors qu'elle était encore à Philadelphie avec son père, elle avait pris la décision catégorique de les faire couper. Son père l'avait emmenée dans un salon de coiffure très chic qui était sans doute au-dessus de ses moyens. À peine ses cheveux coupés, elle l'avait regretté, mais quand elle était revenue à Heath Cliff, toutes ses amies lui avaient dit qu'elle avait l'air beaucoup plus mûre et raffinée.

Ses parents étaient divorcés. Elle passait avec son père la plus grande partie de l'été ainsi qu'un week-end par mois au long de l'année scolaire. Philadelphie était à l'autre bout de l'État de Pennsylvanie, à près de cinq cents kilomètres de distance. Lorsqu'elle retournait chez elle, à Heath Cliff, elle avait toujours l'impression d'avoir raté quelque chose d'important en son absence. Parfois, c'était une simple plaisanterie qui faisait rire ses amies et qu'elles étaient seules à partager, mais cela suffisait pour qu'elle se sente à l'écart et il lui fallait un peu de temps pour se remettre dans le coup.

– Il était à *ça* de me manger, dit l'un des garçons, qui avait des airs de dur, des cheveux noirs coupés court et un visage carré. Un loup m'a donné un coup de dents au moment où je repassais par-dessus la clôture.

Le garçon se mit debout sur le banc et montra aux filles sa jambe de pantalon, comme preuve de ce qu'il avançait. Elle était couverte de terre et Tamaya vit un petit trou, juste au-dessus de sa basket, mais il aurait pu être dû à n'importe quoi d'autre. D'ailleurs, pensa-t-elle, si le loup avait *poursuivi* le garçon, le trou aurait été situé à l'arrière du pantalon, pas devant.

Le garçon la regarda de toute sa hauteur. Ses yeux bleus avaient une froideur d'acier et Tamaya eut l'impression qu'il parvenait à lire dans ses pensées en la mettant au défi de dire quelque chose.

Elle déglutit, puis fit remarquer :

— On n'a pas vraiment le droit d'aller dans les bois.

Le garçon éclata de rire, bientôt imité par les autres.

— Et qu'est-ce que tu vas faire ? lança-t-il d'un ton provoquant. Tout raconter à Mme Thaxton ?

Elle se sentit rougir.

— Non.

— Ne l'écoute pas, dit Hope. Tamaya est une fayote. Le style chouchou.

Tamaya fut piquée au vif. Quelques secondes auparavant, elle s'était sentie tellement cool en parlant avec les garçons. À présent, ils la regardaient comme si elle était une sorte de petit monstre.

Elle essaya d'en plaisanter.

— Il faudrait choisir entre les fayots et les choux.

Personne ne rit.

— Tu es du genre petite fille bien sage, souligna Monica.

Tamaya se mordit la lèvre. Elle ne comprenait pas ce qu'elle avait dit de mal. Après tout, Monica et Summer avaient traité les garçons de « dégoûtants » et « répugnants », mais ça, c'était admis. Les garçons semblaient toujours très fiers quand les filles les trouvaient dégoûtants et répugnants.

« À quel moment les règles ont-elles changé ? se demanda-t-elle. À quel moment est-il devenu mal de se conduire bien ? »

À l'autre bout du réfectoire, Marshall Walsh était assis au milieu d'une bande d'élèves qui parlaient fort et riaient bruyamment. Il y avait un groupe d'un côté. Un autre groupe, différent, était assis de l'autre côté. Entre les deux, Marshall mangeait seul et en silence.

2

La Ferme SunRay

La Ferme SunRay était située dans une vallée isolée, à une cinquantaine de kilomètres au nord-ouest de l'école Woodridge. En apparence, on n'aurait jamais cru qu'il s'agissait d'une ferme. Il n'y avait pas d'animaux, pas de prés, pas de cultures – en tout cas, pas suffisamment visibles pour qu'on puisse les distinguer à l'œil nu.

Ce qu'on aurait vu, en revanche – si toutefois on avait réussi à passer devant les gardes armés, à franchir la clôture électrique surmontée de fil de fer barbelé, les systèmes d'alarme et les caméras de surveillance –, c'étaient d'innombrables rangées de gigantesques réservoirs de stockage. Et rien ne laissait deviner le réseau de tunnels et de conduites souterraines qui reliaient ces réservoirs au laboratoire central, lui aussi souterrain.

Très peu de gens, à Heath Cliff, connaissaient l'existence de la Ferme SunRay et Tamaya et ses amies n'en faisaient certainement pas partie. Ceux qui en avaient entendu parler n'avaient que de très vagues idées sur ce qu'il se passait là-bas. Peut-être le nom de Biolène leur était-il connu, mais ils ne savaient sans doute pas ce qu'il recouvrait précisément.

Un peu plus d'un an auparavant – c'est-à-dire environ un an avant que Tamaya Dhilwaddi ne se fasse couper les cheveux et n'entre en CM2 –, la Commission de l'énergie et de l'environnement du Sénat des États-Unis avait tenu une série d'auditions secrètes concernant la Ferme SunRay et la Biolène.

Le témoignage qui suit est extrait de cette enquête :

> **Sénateur Wright :** Vous avez travaillé à la Ferme SunRay pendant deux ans avant d'en être licencié, est-ce exact ?
>
> **Dr Marc Humbard :** Non, ce n'est pas exact. Ils ne m'ont jamais licencié.
>
> **Sénateur Wright :** Désolé, j'avais été informé d'un...

Dr Marc Humbard : Peut-être qu'ils ont essayé de me licencier, mais j'avais déjà démissionné. Simplement, je ne l'avais encore dit à personne.

Sénateur Wright : Je comprends.

Sénateur Foote : Mais vous aviez arrêté de travailler là-bas ?

Dr Marc Humbard : Je n'aurais pas pu supporter de me retrouver une minute de plus dans la même pièce que Fitzy ! Ce type est fou. Et quand je dis fou, ça signifie complètement dingue.

Sénateur Wright : Vous voulez parler de Jonathan Fitzman, l'inventeur de la Biolène ?

Dr Marc Humbard : Tout le monde croit que c'est une sorte de génie, mais qui a fait tout le travail ? Moi ! Voilà la vérité. Ou en tout cas, je l'aurais fait s'il me l'avait permis. Il tournait en rond dans le laboratoire en se marmonnant des choses à lui-même avec de grands gestes des bras. Impossible pour les autres de se concentrer. Il chantait des chansons ! Et si on lui demandait de se taire, il vous regardait comme si c'était vous qui étiez fou ! Il ne se rendait même pas compte qu'il chantait. Et puis, tout d'un coup, il se frappait la tempe et criait : « Non, non, non ! » Et je devais arrêter immédiatement tout ce que j'étais en train de faire pour recommencer depuis le début.

Sénateur Wright : Oui, nous avons entendu dire que M. Fitzman peut parfois se montrer légèrement... excentrique.

Sénateur Foote : Ce qui est une des raisons pour lesquelles nous éprouvons des inquiétudes au sujet de la Biolène. S'agit-il vraiment d'une alternative fiable à l'essence ?

Sénateur Wright : Notre pays a besoin d'une énergie propre, mais celle-ci présente-t-elle toutes les garanties de sécurité ?

Dr Marc Humbard : Une énergie propre ? C'est comme ça qu'ils la définissent ? Elle n'a strictement rien de propre. C'est une abomination de la nature ! Vous voulez savoir ce qu'ils font à la Ferme SunRay ? Vous voulez vraiment le savoir ? Parce que moi, je le sais. Je le sais !

Sénateur Foote : Oui, nous voulons le savoir. C'est la raison pour laquelle vous avez été convoqué devant cette commission, monsieur Humbard.

Dr Marc Humbard : Docteur.

Sénateur Foote : Pardon ?

Dr Marc Humbard : Docteur Humbard, pas monsieur Humbard. Je suis titulaire d'un doctorat en microbiologie.

Sénateur Wright : Toutes nos excuses. Voulez-vous nous dire, s'il vous plaît, docteur Humbard, ce que l'on fait à la Ferme SunRay, qui vous semble si abominable ?

Dr Marc Humbard : Ils ont créé une nouvelle forme de vie que l'on n'avait jamais connue jusqu'à présent.

Sénateur Wright : Une sorte de bactérie à haute énergie, d'après ce que j'ai compris. Qu'on peut utiliser comme carburant.

Dr Marc Humbard : Pas une bactérie. Une moisissure qui se développe dans la boue. Les gens confondent toujours bactérie et moisissure. Toutes les deux sont microscopiques, mais elles n'ont rien à voir l'une avec l'autre. On a commencé avec une simple moisissure, mais Fitzy a modifié son ADN pour donner naissance à quelque chose de nouveau : une créature vivante monocellulaire, qui n'a strictement rien à voir avec ce qu'est la nature sur cette planète. La Ferme SunRay cultive maintenant ces micro-organismes fabriqués par l'homme — ces minuscules monstres de Frankenstein — pour pouvoir les brûler vivants dans des moteurs de voiture.

Sénateur Foote : Les brûler vivants ? Vous ne pensez pas que l'expression est un peu forte, docteur Humbard ? Il s'agit de microbes. Après tout, chaque fois que je me lave les mains ou que je me brosse les dents, je tue des centaines de milliers de bactéries.

Dr Marc Humbard : Ce n'est pas parce qu'elles sont toutes petites que leur vie n'a aucune valeur. La Ferme SunRay crée de la vie dans le seul but de la détruire.

Sénateur Wright : N'est-ce pas ce que font tous les éleveurs ?

3

MARDI 2 NOVEMBRE
14H55

À la fin de la classe, Tamaya attendit Marshall devant le parking des vélos. Le parking était vide. La plupart des élèves de l'école Woodridge habitaient trop loin pour venir à vélo et aucun bus scolaire ne desservait cet établissement privé. Une file de voitures s'étendait de l'allée circulaire jusque dans Woodridge Lane en direction de Richmond Road.

Quand elle voyait les autres élèves monter dans les voitures et rentrer chez eux, Tamaya aurait bien voulu qu'on vienne la chercher, elle aussi. Elle redoutait déjà le long chemin du retour qu'elle devrait faire à pied et qui paraîtrait encore plus long avec un sac à dos plein de livres.

Elle sentait toujours le rouge de la honte sur ses joues chaque fois qu'elle repensait à la scène du réfectoire. Elle était furieuse contre Hope à cause de ce qu'elle avait dit et encore plus contre Monica, qui était censée être sa meilleure amie et aurait dû la soutenir.

Elle était une fille sage ? Et alors ? Qu'y avait-il de mal à ça ?

Apprendre à se conduire bien était en grande partie le but de l'enseignement, à Woodridge. Les élèves portaient un uniforme : pantalon kaki, sweater bleu pour les garçons, jupe écossaise, sweater bordeaux pour les filles. Sur chaque sweater, juste sous le nom de l'école, étaient brodés les mots « Vertu » et « Valeur ».

En plus d'étudier l'histoire, les maths et tout le reste, les élèves de l'école Woodridge devaient aussi apprendre à être *vertueux*. L'école était censée leur enseigner à devenir des gens bien. Lorsque Tamaya était en CE1, elle avait dû apprendre par cœur une liste de dix vertus : charité, propreté, courage, empathie, grâce, humilité, intégrité, patience, prudence et tempérance. Cette année, elle apprenait leurs synonymes et antonymes.

Mais si vous faisiez de votre mieux pour bien vous conduire, songea Tamaya avec amertume, tout le monde vous regardait comme si vous étiez un être anormal !

Marshall sortit de l'école. Il avait les cheveux en bataille et son sweater étiré, informe, semblait pendre de travers sur ses épaules.

Elle n'eut pas besoin de lui faire signe. Il s'approcha et passa devant elle d'un pas lourd en lui accordant à peine un regard.

Marshall avait une règle. Quand ils étaient dans le voisinage de l'école, il ne fallait pas qu'ils donnent l'impression d'être amis. Ils devaient simplement apparaître comme deux élèves qui se rendaient à l'école ensemble parce qu'ils y étaient *obligés*. Il n'était pas son petit ami, elle n'était pas sa copine, et Marshall ne voulait surtout pas qu'on puisse penser le contraire.

Tamaya fut surprise car il ne prenait pas le chemin habituel. Normalement, ils remontaient Woodridge Lane puis tournaient à droite, sur Richmond Road. Mais cette fois, Marshall longea l'école.

Elle ajusta son sac à dos, puis le rattrapa.

– Où tu vas ?

– À la maison, répondit-il, comme si elle venait de poser une question parfaitement stupide.

– Mais...

— Je prends un raccourci, répliqua-t-il sèchement.

Cela n'avait aucun sens. Au cours des trois dernières années, ils avaient suivi chaque jour le même chemin. Comment aurait-il soudain découvert un raccourci ?

Il continua d'avancer vers l'arrière de l'école. Marshall était plus grand que Tamaya et marchait vite. Elle avait du mal à le suivre.

— Comment se fait-il que tu connaisses un raccourci, tout d'un coup ? demanda-t-elle.

Il s'arrêta et lui fit face.

— Je ne le connais pas *tout d'un coup,* lui répondit-il. Je le connais depuis très longtemps.

Ce qui n'avait toujours aucun sens.

— Si tu veux rentrer par le chemin le plus long, c'est toi qui décides, ajouta Marshall. Personne ne t'oblige à venir avec moi.

Ce qui n'était pas vrai et il le savait. La mère de Tamaya ne voulait pas qu'elle rentre seule chez elle.

— Je viens toujours avec toi, non ? dit Tamaya.

— Alors, arrête de faire le bébé, répliqua Marshall.

Elle le suivit tandis qu'il traversait le revêtement de bitume noir, derrière l'école, puis pénétrait sur le terrain de football. Elle avait simplement demandé comment il avait découvert un raccourci, songea-t-elle. Ce n'était pas « faire le bébé ».

Marshall ne cessait de jeter des coups d'œil par-dessus son épaule. Chaque fois qu'il se retournait, Tamaya, instinctivement, l'imitait, mais elle ne voyait rien ni personne.

Elle se souvenait encore de son premier jour à Woodridge. Elle était entrée en CE1 alors que Marshall passait en CM1. Il l'avait aidée à trouver sa salle de classe, lui avait montré où étaient les toilettes des filles et l'avait présentée en personne à Mme Thaxton, la directrice. Aux yeux de Tamaya, l'école apparaissait comme un endroit immense et terrifiant, dans lequel Marshall avait été à la fois son guide et son protecteur.

Elle avait été secrètement amoureuse de lui pendant ses années de CE1, CE2, CM1. Peut-être ce sentiment ne l'avait-il pas tout à fait quittée mais, ces temps derniers, Marshall s'était conduit comme un tel abruti qu'elle n'était plus très sûre d'avoir de l'affection pour lui.

Au-delà du terrain de football, le sol descendait en une pente inégale vers la clôture grillagée qui séparait la cour de l'école des bois environnants. À mesure qu'ils s'en approchaient, Tamaya sentait les battements de son cœur s'accélérer. L'atmosphère était fraîche et humide, mais elle avait la gorge serrée, la bouche sèche.

Quelques semaines auparavant, l'automne avait illuminé de couleurs éclatantes le feuillage des arbres. En regardant par la fenêtre de sa salle de classe, au troisième étage, Tamaya avait pu contempler toutes les nuances possibles de rouge, d'orange et de jaune, si brillantes, certains jours, qu'on aurait cru le flanc de la colline embrasé par un incendie. Mais à présent, les couleurs s'étaient estompées et les arbres paraissaient sombres et sinistres.

Elle aurait voulu être aussi courageuse que Marshall. Ce n'étaient pas seulement les bois qui lui faisaient peur – et ce qui se cachait peut-être dans ses profondeurs. Plus que tout, Tamaya éprouvait une véritable terreur à l'idée de se faire prendre. La simple pensée qu'un professeur se mette à crier contre elle la remplissait d'épouvante.

Elle savait que d'autres élèves enfreignaient sans cesse les règles et qu'il ne leur était jamais rien arrivé. Lorsque des camarades de sa classe faisaient quelque chose d'interdit, leur maîtresse, Mme Filbert, les rappelait à l'ordre, mais ils recommençaient dès le lendemain sans s'attirer le moindre ennui.

Elle était sûre pourtant que, si elle s'aventurait dans les bois, quelque chose de terrible lui tomberait dessus. Mme Thaxton pouvait très bien s'en apercevoir. Et Tamaya serait peut-être renvoyée.

Un creux dans le sol rocheux formait une ouverture suffisamment grande pour qu'on puisse ramper sous une partie de la clôture. Tamaya regarda Marshall enlever son sac à dos et le glisser par le trou.

Elle se débarrassa de son propre sac à dos. Un jour, Mme Filbert lui avait dit que le courage consiste à faire semblant d'être brave.

– Parce que, finalement, si on n'a pas peur, il n'y a pas de raison d'être courageux, n'est-ce pas ?

Faisant semblant d'être brave, Tamaya poussa son sac à dos par l'ouverture. Il était impossible de revenir en arrière, à présent.

« Au fait, c'est qui, la petite fille bien sage, maintenant ? » songea-t-elle.

Elle se tortilla sous la clôture en s'efforçant de ne pas accrocher son sweater.

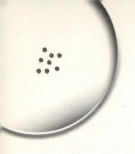

4

Marshall Walsh

Marshall Walsh n'était pas aussi courageux que le pensait Tamaya. Il avait toujours eu de nombreux amis et il avait toujours aimé l'école. Il était entré dans l'orchestre de Woodridge en sixième et son professeur de musique, M. Rowan, avait écrit dans son bulletin qu'il compensait par l'enthousiasme ce qu'il lui manquait en matière de talent.

« Marshall joue du tuba avec ardeur. »

Mais désormais, il ne manifestait plus d'enthousiasme pour rien. Chaque jour ne lui apportait qu'un peu plus de souffrance et d'humiliation. Tout avait commencé avec l'arrivée d'un nouvel élève dans sa classe, Chad Hilligas.

Les élèves de Woodridge fréquentaient cette école pour deux raisons essentielles. Ou bien ils étaient vraiment brillants, ou bien leurs parents étaient vraiment riches.

Tamaya faisait partie des élèves brillants. Marshall était entre les deux. Ses parents n'étaient pas riches, mais ils gagnaient bien leur vie tous les deux et ils accordaient une extrême importance à l'éducation de leurs enfants. Ils préféraient économiser dans d'autres domaines, tels les vacances ou les restaurants.

La raison pour laquelle Chad Hilligas s'était retrouvé à Woodridge était totalement différente. Il avait été expulsé de trois écoles au cours des deux dernières années. L'assistante sociale attachée à son cas estimait que si on le plaçait dans un environnement plus positif et qu'on l'obligeait à porter l'uniforme d'une école, il cesserait de se battre et deviendrait un élève plus assidu et plus motivé. Si ses parents n'avaient pas été prêts à payer ses frais de scolarité à l'école Woodridge, il aurait été placé dans un établissement pour jeunes délinquants.

Chad avait donc commencé l'année avec les autres, à la rentrée de septembre. Dans la classe de Marshall, tous les garçons étaient impressionnés par Chad. Il semblait aussi attirer les filles, même s'il leur faisait un peu peur. Pendant les premières semaines de cette année scolaire, Marshall, comme les autres, était resté suspendu à chaque mot que prononçait Chad, approuvant d'un signe de tête tout ce qu'il disait, riant à ses plaisanteries.

Certains élèves étaient terrifiés à l'idée d'être renvoyés de l'école. Chad, lui, s'en vantait.

— Ma prof de CM1 n'arrêtait pas de m'en faire baver, alors je l'ai enfermée dans un placard.

— Qu'est-ce qu'elle t'a fait quand elle est sortie ?

— Rien. Elle y est toujours.

Et Marshall avait éclaté de rire avec ses camarades. Chad affirmait avoir été renvoyé non pas de trois écoles, mais de cinq. Il avait toujours de nouvelles histoires à raconter sur ce qu'il prétendait avoir fait ici ou là. Plus il s'attirait d'ennuis, plus les autres semblaient l'admirer.

Marshall se souvenait du moment où Chad s'en était pris à lui. Chad racontait qu'un jour, il avait pénétré à l'intérieur de l'école sur sa moto.

— Quelqu'un t'a vu ? demanda Gavin.

— Bien sûr qu'ils m'ont vu. J'ai roulé jusqu'en haut des marches et ensuite je suis entré avec la moto dans le bureau du directeur !

— Pas possible ! s'exclama Marshall.

Chad s'interrompit, puis se tourna lentement pour lui faire face.

– Tu me traites de menteur ?

Tout le monde se tut.

Ce n'était pas du tout ce que Marshall avait voulu dire. Il aurait tout aussi bien pu s'exclamer : « Fabuleux ! »

– Non.

– Vous l'avez tous entendu, lança Chad. Il m'a traité de menteur. Il y a quelqu'un d'autre qui croit que j'ai menti ?

Marshall essaya de s'expliquer, mais Chad balaya ses paroles d'un regard froid et dur.

Le reste de la journée, ce regard sembla suivre Marshall partout où il allait. Et pour une raison qui paraissait dépourvue de toute logique, lentement mais sûrement, les autres aussi avaient l'air de se retourner contre lui.

– Tu es de quel côté ? demandait Chad à chacun. Tu choisis, tu es avec moi ou avec Face de Cul.

Au début, Marshall voulut faire comme s'il n'y avait rien d'anormal. Il s'avançait d'un pas résolu vers ses amis et essayait de se joindre à eux, quelle que soit leur occupation du moment, mais il suffisait d'un seul coup d'œil de Chad pour le repousser, honteux et la tête basse.

Des murmures moqueurs suivaient chacun de ses pas, et on le bousculait dans les couloirs d'une manière qui n'avait pas grand-chose d'accidentel. Il avait peur de prendre la parole en classe. Ses notes se dégradaient. Souvent, pendant les contrôles, il sentait le regard de Chad lui brûler la nuque et son esprit se vidait.

Dans les autres écoles, où les cinquième changeaient de salle à chaque cours, Marshall et Chad n'auraient sans doute eu qu'un ou deux cours communs. Mais à Woodridge, il y avait seulement quarante et un élèves en cinquième et, malheureusement pour Marshall, Chad était présent à chacun de ses cours, à part le dernier, le latin.

Marshall avait un frère et une sœur, des jumeaux, âgés de quatre ans. Même au temps où il avait des amis et beaucoup de choses à faire, il était toujours content de s'en occuper, que ce soit par nécessité ou même sans nécessité particulière. Le jeu préféré de Daniela et d'Eric consistait à faire semblant d'être des lions dans un cirque. Ils s'accroupissaient sur les tabourets de bar de la cuisine en rugissant et Marshall jouait le rôle du dompteur.

Mais depuis qu'il avait perdu ses amis, il n'aimait plus cela. S'amuser avec les jumeaux lui donnait l'impression d'être un ringard. Lorsque ses parents lui posaient des questions sur ses mauvaises notes, il en rejetait la responsabilité sur son frère et sa sœur.

— Comment voulez-vous que je travaille ? Ils n'arrêtent pas de rugir.

C'était la même chose avec Tamaya. À l'école, tout le monde le prenait pour cible du matin au soir et il se défoulait sur la seule personne qui se montrait bienveillante avec lui. Il s'était entendu lui dire des choses féroces et s'en voulait terriblement, mais il semblait incapable de s'en empêcher.

Ces derniers temps, tout s'était très mal passé pour Marshall, mais aujourd'hui, c'était pire encore. En classe, il avait répondu à une question juste après que Chad eut donné une mauvaise réponse.

Un peu plus tard, alors qu'il montait l'escalier pour se rendre en cours de latin, Chad l'avait attrapé par-derrière en lui faisant dégringoler trois marches et l'avait plaqué contre la rampe.

— Écoute bien, Face de Cul, il va falloir régler ça une bonne fois pour toutes.

— Régler quoi ? risqua Marshall.

— Après les cours, au coin de Woodridge et de Richmond, répondit Chad. Et tu as intérêt à être là, espèce de petit morveux dégonflé.

Marshall et Tamaya passaient toujours par ce coin

de rue en rentrant chez eux. Pendant trois ans, ils avaient emprunté chaque jour le même itinéraire. Mais aujourd'hui, Marshall avait soudain découvert un raccourci.

5

MARDI 2 NOVEMBRE
15H18

Lorsque Tamaya fut passée sous la clôture, Marshall avait déjà disparu parmi les arbres. Elle ramassa son sac à dos et se précipita pour le rattraper, glissant les bras dans les sangles sans cesser de courir. Elle se baissa pour éviter une branche basse et aperçut Marshall qui escaladait un petit amas rocheux.

— Attends-moi ! cria-t-elle.

À nouveau, il s'échappa de son champ de vision.

Elle se cogna le genou contre une pierre en grimpant sur l'amas rocheux. Il l'attendait de l'autre côté, les mains sur les hanches, l'air agacé.

— Ça sert à quoi de prendre un raccourci si je

dois tout le temps m'arrêter en attendant que tu te traînes derrière moi ?

— Je ne traîne pas, protesta Tamaya.

— Alors, dépêche-toi, répliqua Marshall.

Il tourna les talons et repartit.

Elle le suivit de près, le long d'un chemin qui zigzaguait entre les arbres. Il avait plu la nuit précédente et des feuilles humides collaient aux baskets de Tamaya. D'autres feuilles continuaient de tomber des arbres autour d'eux, une ici, une là, voletant doucement jusqu'au sol.

Ils avaient sûrement raté un zig ou un zag quelque part car, au bout d'un moment, il devint évident pour Tamaya qu'ils ne suivaient plus aucun chemin, d'aucune sorte. Elle dut se battre contre des enchevêtrements de branches, puis enjamber un épais fourré de ronces.

— Tu ne crois pas qu'il faudrait revenir en arrière ? suggéra-t-elle.

La réponse de Marshall fut brève et brutale :

— Non.

Tamaya fit semblant d'être brave. Le moindre petit bruit lui donnait un coup au cœur. Elle se mit à quatre pattes et rampa sous une branche très basse.

— C'est ça, le raccourci ? demanda-t-elle en se relevant.

Marshall ne répondit pas. Il continuait d'avancer. Une chaussette de Tamaya était déchirée et sa jupe tachée de terre. Elle ne savait pas quelle explication elle allait donner à sa mère. S'il y avait une chose dont elle était incapable, c'était le mensonge. Jamais elle n'aurait menti à sa mère.

Ses parents avaient divorcé quand elle était en CP. À l'époque, ils habitaient un appartement à Philadelphie. Un appartement différent de celui où vivait son père à présent.

Déjà, à ce moment-là, tout le monde s'émerveillait de son intelligence, ce qui l'avait surprise, car elle n'y attachait pas beaucoup d'importance. Elle était ce qu'elle était, voilà tout. Elle avait passé un test d'évaluation, puis sa mère et elle avaient déménagé à Heath Cliff pour qu'elle puisse entrer à l'école Woodridge.

Son intelligence, en tout cas, ne lui avait pas permis de comprendre ce qu'il s'était passé entre ses parents. Elle n'arrivait pas à concevoir pourquoi ils s'étaient séparés ni pourquoi ils ne reprenaient pas leur vie commune. Après leur divorce, sa mère avait paru très triste, pendant longtemps. La dernière fois que Tamaya était allée chez son père, il lui avait dit :

— Tu sais que j'aime toujours beaucoup ta mère. Et je l'aimerai toujours.

Mais lorsqu'elle lui avait répété ces paroles et suggéré qu'ils devraient peut-être recommencer à vivre tous les trois ensemble, sa mère était redevenue triste.

— Ça n'arrivera jamais, dit-elle à Tamaya.

Même en cet instant, où Tamaya était terrifiée à l'idée que Marshall et elle puissent se perdre *à tout jamais* dans ces bois, elle ne pouvait s'empêcher de penser que peut-être, si elle se perdait vraiment, sa mère et son père la rechercheraient *ensemble*. Elle était en train d'imaginer ce qui se passerait quand ils la retrouveraient, leurs étreintes, leurs embrassades, lorsqu'un petit animal fila soudain juste devant elle.

Elle s'immobilisa.

— Qu'est-ce que c'était ? demanda-t-elle à Marshall.

— Qu'est-ce que c'était quoi ?

— Tu n'as pas vu ?

« Peut-être un renard », songea-t-elle.

— Un animal qui m'a presque marché sur les pieds !

— Et alors ?

— Alors, rien, marmonna-t-elle.

Elle ne savait pas pourquoi il se montrait si agressif.

Ils arrivèrent devant le tronc d'un arbre mort couché sur le sol. Une grande partie de son écorce avait été rongée par la pourriture. Marshall grimpa dessus et regarda autour de lui.

– Hmmm, grogna-t-il.

Il se retourna pour voir le chemin qu'ils avaient parcouru.

– On est perdus ? demanda Tamaya.

– Non, assura-t-il. J'ai simplement besoin de prendre mes repères.

– Tu as dit que tu connaissais un raccourci !

– C'est vrai, répondit-il. Je dois simplement retrouver l'endroit exact du point de départ. Après, on sera à la maison en un rien de temps.

Il claqua des doigts comme si cela suffisait à en administrer la preuve.

Tamaya attendit. Elle perçut un craquement derrière elle, mais lorsqu'elle se retourna, elle ne vit rien.

Marshall sauta à bas du tronc.

– Par là ! assura-t-il, comme s'il savait parfaitement où il allait.

Tamaya se hâta de contourner le tronc d'arbre et le suivit. Elle n'avait pas le choix.

Ils descendirent le flanc de la colline jusqu'à ce qu'ils arrivent devant une ravine qu'ils longèrent en la remontant. Le sac à dos de Tamaya lui paraissait un peu plus lourd à chaque pas. Elle croyait sans cesse entendre quelque chose ou quelqu'un derrière elle, mais lorsqu'elle se retournait, il n'y avait toujours rien.

Marshall continuait d'avancer à pas rapides. Elle devait constamment courir pour se maintenir à sa hauteur mais, très vite, elle se laissait à nouveau distancer. À chaque fois, il lui devenait plus difficile de le rattraper.

Hors d'haleine, elle le vit disparaître derrière une courbe, au flanc de la colline. Elle changea la position de son sac à dos pour mieux en répartir le poids, rassembla les forces qui lui restaient et se mit à courir derrière lui.

Quelque chose la saisit alors par-derrière. Elle sentit son sweater se tendre sur sa gorge et l'étouffer.

Elle parvint à se dégager, puis poussa un hurlement en tombant à terre. Elle roula sur elle-même et leva les yeux, mais il n'y avait personne – pas d'ermite détraqué, pas de barbe tachée de sang, une simple branche d'arbre hérissée de rameaux pointus.

Marshall rebroussa chemin pour se précipiter vers elle.

– Ça va, tu ne t'es pas fait mal ?

Elle se sentait plus gênée qu'autre chose.

– Je suis simplement tombée, dit-elle.

Elle comprit que son sweater avait dû se prendre dans la branche, rien de plus.

Marshall, les yeux baissés, ne la quittait pas du regard.

— Je suis vraiment désolé, Tamaya, dit-il enfin.

Il semblait sincèrement inquiet.

— J'ai repéré un rebord de pierre au sommet de la colline, lui annonça-t-il. Attends-moi ici, je vais y monter. Là-haut, je devrais avoir une bonne vue des environs.

— Ne me laisse pas, supplia-t-elle.

— Pas question de t'abandonner, je te le promets.

Il ôta son sac à dos de ses épaules et le posa à côté d'elle.

— Je reviens tout de suite.

Tamaya le regarda monter la colline et disparaître à nouveau derrière la courbe. Elle enleva à son tour son sac à dos et le déposa contre celui de Marshall. Elle était trop fatiguée pour le suivre.

Elle retira son sweater et regarda les dégâts causés par la branche d'arbre. C'était pire qu'elle ne l'aurait cru. Il y avait un trou presque aussi grand que son poing au-dessus de l'épaule droite. Elle ne savait vraiment pas quelle explication donner à sa mère.

Bien qu'elle eût obtenu une bourse complète à l'école Woodridge, sa mère devait quand même payer son uniforme. Et le sweater avait coûté quatre-vingt-treize dollars.

Ce n'était pas juste.

Elle ne l'aurait jamais avoué à ses amies, mais elle aimait beaucoup l'uniforme de l'école. Monica, Hope et Summer trouvaient qu'elles avaient l'air complètement nunuches là-dedans. Elles pouvaient parler pendant des heures de ce qu'elles allaient porter le dernier vendredi de chaque mois, lorsqu'elles avaient le droit de mettre de «vrais vêtements». Mais Tamaya était toujours fière d'arborer son sweater sur lequel les mots «Vertu» et «Valeur» étaient brodés en lettres d'or, accompagnés de la date 1924. Cela lui donnait un sentiment d'importance, comme si elle faisait partie de l'histoire.

Pendant qu'elle pensait à tout cela, elle se surprit à observer une grande flaque constituée d'une boue couverte d'écume. Au début, elle la remarqua à peine, mais plus elle regardait cette étrange matière, plus elle attirait son attention.

La boue, d'une couleur sombre, ressemblait à du goudron. Juste au-dessus de sa surface, comme suspendue en l'air, s'étendait une écume mousseuse d'une teinte marron tirant sur le jaune.

Quelque chose d'autre lui parut bizarre, bien qu'il lui fallût un moment pour comprendre de quoi il s'agissait. Il n'y avait aucune feuille d'arbre sur cette boue. Les feuilles mortes étaient tombées partout, sauf là. Elles entouraient la flaque de tous côtés, en suivant ses bords au plus près mais, pour une mystérieuse raison, aucune feuille n'avait atterri à sa surface.

Elle regarda à nouveau vers le sommet de la colline. Toujours aucun signe de Marshall.

Elle tourna encore une fois les yeux vers la flaque de boue. Il était possible, songea-t-elle, que les feuilles mortes aient disparu sous la surface, mais la boue semblait trop épaisse pour qu'une feuille puisse s'y enfoncer. Elle se demanda si c'était l'écume qui avait pu repousser les feuilles vers les bords de la flaque.

Il y eut un craquement, un peu plus loin. Elle se retourna vers le bruit et l'entendit à nouveau. Quelque chose remuait parmi les arbres.

Elle se releva sur un genou, prête à s'enfuir, puis elle aperçut quelqu'un qui portait un sweater bleu et un pantalon kaki. L'uniforme des garçons de l'école.

Elle se remit debout et fit de grands gestes avec les bras.

— Hé ! cria-t-elle.

La silhouette s'immobilisa.

— Par ici !

Lorsqu'il s'avança dans sa direction, elle reconnut

le garçon qui était assis à côté d'elle à la cantine. Celui qui était monté sur le banc en prétendant qu'un loup avait fait d'un coup de dent un trou dans la jambe de son pantalon. Elle n'en était pas sûre, mais elle croyait se souvenir qu'il s'appelait Chad.

Elle se tourna vers le sommet de la colline et s'écria :

– Marshall ! Marshall ! On est sauvés !

6

L'ergie

Autre extrait de l'enquête secrète menée sur la Ferme SunRay :

> **Sénateur Wright :** D'après ce que j'ai compris, vous avez inventé la Biolène alors que vous étiez encore étudiant à la faculté ?
>
> **Jonathan Fitzman :** Non, pas exactement. J'ai obtenu moins de dix pour mon exposé sur l'idée d'ergie. Alors, j'ai arrêté mes études et j'ai poursuivi mes recherches dans le garage de mes parents. Ils n'étaient pas vraiment enthousiastes à ce sujet, si vous voyez ce que je veux dire.
>
> **Sénateur Wright :** Monsieur Fitzman, s'il vous plaît,

voudriez-vous essayer de ne pas agiter autant les bras quand vous répondez à nos questions ?

Jonathan Fitzman : J'agite les bras, moi ? Désolé. J'ai du mal à rester assis trop longtemps. Mon esprit fonctionne mieux quand je bouge.

Sénateur Wright : Alors, expliquez-nous exactement ce que vous entendez par « ergie ».

Jonathan Fitzman : *(rire)* C'est comme ça que j'appelle ce petit bonhomme. Une abréviation pour « ergonyme ». C'est un micro-organisme monocellulaire à haute énergie. Très intense ! Totalement fabuleux. Je me le suis fait tatouer sur un bras, si vous voulez voir à quoi il ressemble. C'est une réplique exacte.

Sénateur Foote : Je ne vois rien du tout.

Sénateur March : Moi non plus.

Jonathan Fitzman : Comme je l'ai dit, c'est une réplique exacte *(rire)*. Le plus petit tatouage au monde ! *(rire)* Il faut un microscope électronique pour le voir !

Sénateur Wright : Et il y a plus d'un million de ces ergies dans un gallon de Biolène ?

Jonathan Fitzman : Un million ? Dites plutôt un trillion. Ou un quadrillion. Ou je ne sais pas ce qui vient après ? Un infinillion ?

Sénateur Wright : Essayez de contrôler les mouvements de vos bras, monsieur Fitzman.

Jonathan Fitzman : Désolé. Dans mon bureau, il n'y a même pas de chaise devant ma table. Il faut que je bouge sans cesse.

Sénateur Foote : Donc, vous ne travaillez plus dans le garage de vos parents ?

Jonathan Fitzman : Non, maintenant, j'ai un laboratoire absolument incroyable. Mon professeur de biologie n'avait peut-être pas une très haute opinion de mon ergie, mais d'autres y ont cru. Et parmi eux, des gens très riches.

Sénateur Foote : Combien cela coûte-t-il à la Ferme SunRay de produire un gallon de Biolène ?

Jonathan Fitzman : Je ne m'occupe pas du côté business. Appelez-moi comme vous voudrez, je suis le gars qui conçoit tout et qui s'arrange pour le réaliser. Mais je dirais que le premier gallon nous a coûté quelque chose comme cinq cents millions de dollars.

Sénateur Wright : Cinq cents millions de dollars. Et le deuxième gallon ?

Jonathan Fitzman : Environ quatre-vingt-dix-neuf cents.

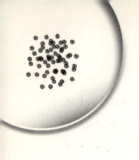

7

MARDI 2 NOVEMBRE
16H10

— Fais attention de ne pas marcher là-dedans, prévint Tamaya tandis que Chad Hilligas contournait l'étrange flaque de boue. À ton avis, c'est quoi, cette mousse bizarre ? lui demanda-t-elle.

En voyant l'expression de Chad, elle eut l'impression d'avoir parlé une langue étrangère. Il cracha par terre puis la fixa du regard et lui demanda d'un ton impérieux :

— Il est où, Marshall ?

Le ton de sa voix était odieux, mais Chad restait son seul espoir, il fallait donc qu'elle se montre aimable avec lui.

— Il est monté en haut de la colline pour essayer

de retrouver son chemin. On s'est perdus. Quand je t'ai entendu arriver, j'ai cru que tu étais peut-être l'ermite fou dont tu parlais, et puis j'ai vu ton sweat bleu...

Elle haussa les épaules et sourit.

Chad cracha à nouveau par terre, puis passa devant elle pour essayer de rattraper Marshall. Il s'arrêta au moment où celui-ci apparut au flanc de la colline.

Quand il vit Chad, Marshall hésita un instant, mais continua à descendre, comme si de rien n'était.

– Salut, Chad, dit-il.

Tamaya sentit que quelque chose n'allait pas. Elle l'entendait dans la voix de Marshall.

– Je t'ai attendu, lança Chad.

– Je sais, répondit-il. J'allais là-bas, mais Tamaya m'a dit qu'elle connaissait un raccourci à travers bois. Qu'est-ce que je pouvais faire ? Je suis obligé de la raccompagner chez elle.

– Ma mère ne veut pas que je rentre toute seule, expliqua Tamaya.

Chad lui jeta un coup d'œil et se tourna à nouveau vers Marshall.

– Ça t'amuse de me laisser au coin de la rue, à t'attendre comme un imbécile ?

– Pas du tout.

Chad s'avança vers lui, puis le poussa en arrière.

— Tu me prends vraiment pour un idiot, c'est ça ?

Marshall reprit son équilibre.

— Non.

Avec une soudaine férocité, Chad se rua sur lui. Il le frappa violemment au visage et au cou.

Tamaya poussa un hurlement.

Marshall essaya de se protéger, mais Chad le frappa encore à deux reprises, puis il le saisit par la tête et le projeta à terre.

— Laisse-le ! s'écria Tamaya.

Chad lui lança un regard noir.

— La prochaine fois, c'est ton tour, Tamaya, dit-il.

Marshall essaya de se relever, mais Chad l'en empêcha d'un coup de genou à la tempe, le renvoyant une nouvelle fois au sol.

Tamaya ne réfléchit pas. Elle réagit instinctivement.

Elle tendit la main vers la flaque de boue et saisit une pleine poignée de matière épaisse et gluante. Elle se précipita sur Chad au moment où il se tournait vers elle et lui écrasa la boue sur la figure.

Il plongea en avant, mais elle fut plus rapide et l'évita en faisant un pas de côté.

Chad trébucha, puis se courba en deux et se couvrit le visage de ses mains.

Pendant un instant, Tamaya fut paralysée de peur.

Marshall se releva précipitamment. Il attrapa les deux sacs à dos et cria :

— Cours !

Tamaya se mit à courir aussi vite et aussi longtemps qu'elle le put, jusqu'à ce qu'elle ait l'impression que ses poumons allaient exploser. Elle ne savait pas si Marshall avait repéré le chemin de la maison ou s'ils allaient s'enfoncer un peu plus profondément dans les bois. Elle ne s'en inquiéta pas, du moment qu'elle était loin de Chad.

Elle courait toujours lorsque son pied se prit dans un enchevêtrement de plantes rampantes, la précipitant à terre les bras en croix. Son cœur battait contre ses côtes et ses mains égratignées lui faisaient mal. Elle respira profondément à plusieurs reprises en essayant de se relever, mais elle n'avait plus de force.

Elle avait peur de regarder derrière.

Marshall s'était arrêté de courir après l'avoir entendue tomber. Tamaya le vit revenir vers elle, tenant toujours les deux sacs à dos. À en juger par la façon dont il marchait, Chad ne devait pas être trop près. Elle se retourna. Il n'y avait personne.

Elle se hissa en position assise pendant que Marshall s'approchait.

— Ça va ?

— Je crois.

Ses genoux écorchés saignaient et elle ressentait au poignet gauche une douleur consécutive à sa chute, mais pensa qu'il n'y avait rien de grave. Marshall était en bien plus mauvais état. Une croûte de sang et de mucus avait séché sous son nez et son visage ruisselait de sueur.

— Tu crois qu'il nous poursuit ? demanda-t-elle.

— Je ne sais pas. Mais si ce n'est pas pour aujourd'hui, ce sera pour demain.

Tamaya savait qu'il disait vrai. Les paroles de Chad résonnaient encore dans sa tête : « La prochaine fois, c'est ton tour, Tamaya. » Et c'était avant qu'elle ne lui jette une poignée de boue à la figure.

Elle se releva et prit son sac à dos des mains de Marshall. Ils poursuivirent leur chemin sans changer de direction.

— C'est par là ? demanda-t-elle. Tu as pu voir quelque chose de là-haut ?

— Pas vraiment, répondit-il.

— Qu'est-ce que tu lui as fait pour qu'il soit aussi furieux contre toi ?

— J'ai répondu à une question en classe.

Tamaya ne comprit pas.

— Et alors ?

— C'est différent quand on est en cinquième. On ne doit pas montrer qu'on sait quelque chose.

Le ciel devenait sombre. Tamaya pensa qu'il ne se passerait pas longtemps avant qu'ils ne puissent plus rien voir.

— Regarde, de la fumée ! s'exclama Marshall.

— Où ça ?

— Là, de la fumée qui sort d'une cheminée.

Elle essaya de repérer l'endroit qu'il indiquait du doigt et la vit à son tour, une fumée grise qui se détachait contre le ciel gris.

Ils se hâtèrent dans cette direction, même si, pour Tamaya, la fumée aurait pu aussi bien provenir de la cabane où habitait l'ermite fou. Elle imaginait qu'ils étaient comme Hansel et Gretel, en route vers la maison de la méchante sorcière.

Quand ils approchèrent de la fumée, cependant, elle vit qu'il ne s'agissait pas d'une demeure isolée, mais de toute une rue bordée d'habitations, avec des pelouses et des voitures rangées dans les allées.

Tamaya enjamba une petite clôture de métal et se retrouva dans la rue. Elle eut envie de se mettre à quatre pattes et d'embrasser l'asphalte, mais Marshall aurait sans doute trouvé cela bizarre.

Elle se retourna vers un écriteau qui indiquait : VOIE SANS ISSUE.

Les réverbères s'allumèrent au moment où ils s'éloignaient du bois. Tamaya proposa de frapper à la porte d'une des maisons pour voir si quelqu'un pourrait les ramener en voiture, mais Marshall assura que c'était inutile. Il connaissait le chemin. Ce n'était pas très loin.

Tamaya commença à ressentir des picotements dans la main droite et elle la frotta de son autre main. Elle n'avait pas vraiment mal. Elle éprouvait une sorte d'effervescence à la surface de sa peau, comme lorsqu'on ouvre une canette de soda.

$$2 \times 1 = 2$$
$$2 \times 2 = 4$$

8

Un seul petit ergonyme

Nouvel extrait de la déposition de Jonathan Fitzman lors des auditions secrètes du Sénat :

> **Sénateur March :** Pardonnez-moi, monsieur Fitzman, mais j'ai beaucoup de mal à me faire entrer ça dans la tête. Vous dites qu'il y a plus d'un trillion de vos ergonymes dans chaque gallon de Biolène.
>
> **Jonathan Fitzman :** Beaucoup plus.
>
> **Sénateur March :** Il s'agit d'organismes fabriqués par l'homme, c'est bien cela ? Alors, comment pouvez-vous en produire autant ?
>
> **Jonathan Fitzman :** (*rire*) Vous avez raison. Ce serait impossible. Je n'ai eu besoin d'en faire qu'un seul.

Sénateur March : Je ne comprends pas.

Jonathan Fitzman : Un seul ergonyme, capable de se reproduire. Il s'agissait de la partie la plus difficile. C'est ce qui m'a pris le plus longtemps. Les quelques ergies que j'ai produits au début ne parvenaient pas à survivre au processus de division cellulaire. Les pauvres petits bonshommes ne cessaient d'exploser.

Sénateur March : Qu'entendez-vous par « exploser » ?

Jonathan Fitzman : *Boum !* (rire) Dans le labo, on peut voir les images du microscope électronique projetées sur un écran géant d'ordinateur. C'est vraiment cool. Chaque fois qu'un de mes ergies parvenait au stade de la division cellulaire – *boum !* – on aurait dit un feu d'artifice.

Sénateur Wright : Mais finalement, je crois comprendre que vous avez pu créer un ergonyme qui n'a pas explosé ?

Jonathan Fitzman : L'ergonyme parfait. Il a fallu deux ans et demi et cinq cents millions de dollars, mais nous y sommes parvenus. Un seul petit ergie. Et trente-six minutes plus tard, nous en avions deux. Le deuxième était une copie exacte du premier. Encore trente-six minutes et il y en avait quatre. Puis huit. Puis seize. Toutes les trente-six minutes, la population continuait de doubler.

Sénateur March : Même à ce rythme, pour obtenir les trillions d'ergies dont vous avez besoin dans un seul gallon de Biolène, il faudrait des années.

Jonathan Fitzman : Pas du tout. Faites le calcul. En douze heures, nous avions plus d'un million de ces petits personnages et l'après-midi du lendemain, plus d'un trillion. *(Il chante.) Un petit, deux petits, trois petits ergonymes. Quatre petits, cinq petits, six petits ergonymes.*

9

MARDI 2 NOVEMBRE
17H48

Des touffes d'herbes folles pointaient à travers les fissures du trottoir. Tamaya traversa la rue, soupira, puis monta les marches en bois qui menaient au perron de sa maison. La marche du milieu tremblota sous son pied. Le stupide raccourci de Marshall l'avait retardée de plus de deux heures. Elle savait, bien sûr, que ce raccourci n'avait jamais existé et c'était bien ce qu'il y avait de plus bête dans cette histoire. Si Marshall avait peur de Chad, il aurait été moins dangereux de se trouver dans une rue normale, avec plein de gens et de voitures autour de lui.

La maison était plongée dans l'obscurité. Parfois,

sa mère travaillait tard et Tamaya espérait de tout son cœur que c'était le cas aujourd'hui.

Elle portait la clé de chez elle accrochée à son cou, mais lorsqu'elle la chercha à tâtons, elle ne sentit que la chaîne sous ses doigts. Dans un accès de panique, elle faillit la briser à force de tirer dessus. Enfin, elle la fit tourner autour de son cou, et retrouva la clé.

Elle poussa un profond soupir de soulagement. La clé s'était entortillée sur sa nuque, elle ignorait comment. En tout cas, ses ennuis étaient loin d'être terminés, elle le savait. Elle déverrouilla la porte.

– Salut! lança-t-elle en l'ouvrant. Je suis rentrée!

Il n'y eut pas de réponse. Jusqu'à présent, tout allait bien. Pas de questions, pas de mensonges.

Tamaya allumait les lumières au passage tandis qu'elle traversait rapidement la maison en direction de sa chambre. Les pièces étaient plutôt petites, chacune peinte de couleurs brillantes et audacieuses. Une cuisine rouge et bleu, un living jaune, une entrée verte. La chambre de Tamaya était turquoise avec une porte de placard et un châssis de fenêtre jaunes. Elle laissa tomber son sac à dos sur le sol et s'affala sur le lit, mais pas pour longtemps.

Elle ressentait toujours des picotements dans toute la main droite. Elle se rendit dans la salle de bains et l'examina sous la lumière. De minuscules boutons rouges constellaient ses doigts et sa paume.

Elle se lava avec un savon antibactérien et de l'eau chaude – aussi chaude qu'elle pouvait le supporter. À l'aide d'un gant de toilette, elle nettoya la terre et le sang sur ses bras et ses jambes.

Tamaya collait un pansement adhésif sur son genou lorsque le téléphone sonna. Elle se précipita dans la chambre de sa mère en se demandant s'il y avait longtemps qu'elle essayait de l'appeler et décrocha juste avant la quatrième sonnerie.

– Allô?

– Bonjour, trésor. Désolée, je suis terriblement en retard.

– Ce n'est pas grave, répondit Tamaya.

Elle sentait la culpabilité lui parcourir les veines.

– Une pizza, ça te dit?

– Parfait.

– Tu vas bien?

– À merveille, assura Tamaya en faisant de son mieux pour paraître normale.

– Champignons, poivrons, oignons, d'accord?

– Pas d'oignons.

– Je leur dirai de n'en mettre que sur ma moitié.

Tamaya ne discuta pas, tout en sachant que sa part à elle aurait quand même un goût d'oignon.

– Je rentre dès que je peux. Je t'embrasse.
– Moi aussi, je t'embrasse, répondit Tamaya.
Elle attendit le déclic à l'autre bout de la ligne, puis raccrocha.

Elle acheva de coller le pansement et retourna dans sa chambre où elle échangea ses vêtements sales contre un pyjama de flanelle. Il n'y avait aucune raison pour que sa mère ait des soupçons, songea-t-elle. Maintenant que les nuits étaient plus fraîches, sa mère et elle aimaient bien, le soir, mettre un pyjama doux et confortable, mais généralement *après* le dîner. Elles buvaient du cidre chaud et regardaient la télévision, ou plus souvent encore, ces derniers temps, travaillaient côte à côte.

Tamaya rassembla ses vêtements tachés et les emporta pour les laver dans la machine.

Qu'elle s'occupe de sa propre lessive n'avait rien de suspect. Elle s'était habituée à le faire depuis le jour de l'année précédente où elle avait eu besoin de son haut préféré pour aller à l'anniversaire de Monica. Un soir, alors que Marshall et sa mère étaient venus les voir, la mère de Tamaya avait dit : « Je crois que si Tamaya attendait que je lave ses affaires pour s'habiller, il faudrait qu'elle aille à l'école toute nue. »

Elle avait été si gênée, si mortifiée que sa mère parle ainsi *devant Marshall* qu'elle s'était précipitée dans sa chambre et n'en était plus sortie jusqu'à ce que Marshall et sa mère soient repartis. Même maintenant, elle rougissait encore en se rappelant ce moment.

Elle jeta ses affaires sales dans le lave-linge, ajouta de la lessive, régla la température et mit la machine en route. Lorsqu'elle entendit le flux de l'eau, elle imagina qu'elle devait ressentir à peu près la même chose qu'un assassin qui a réussi à détruire toutes les preuves de son crime.

Des picotements à la rendre folle continuaient de parcourir sa main. Elle alla dans la salle de bains de sa mère et fouilla tiroirs et placards, sans très bien savoir ce qu'elle cherchait. Elle trouva un pot de couleur bleue qui contenait une « crème régénératrice pour les mains ». D'après l'étiquette, elle était indiquée pour les peaux sèches, gercées et irritées.

Tamaya dévissa le couvercle et trempa les doigts dans une pommade d'une blancheur de craie. Elle en étala sur tous les petits boutons rouges et la crème lui apporta une sensation de fraîcheur bienfaisante. Il lui sembla qu'elle avait un effet presque immédiat. Les petits boutons paraissaient moins rouges et le picotement s'atténuait.

De l'autre côté du mur, elle entendit la vibration et le cliquetis métallique de la porte du garage qui s'ouvrait. Sa mère était rentrée.

$$2 \times 4 = 8$$
$$2 \times 8 = 16$$

Elle posa la pizza sur la table, embrassa Tamaya sur la joue et dit :

— Vas-y, sers-toi. Je dois simplement répondre à un e-mail.

L'emballage de la pizza sentait l'oignon. Tamaya dut en enlever quelques filaments avant de glisser une tranche dans son assiette. Elle était obligée de tout faire de la main gauche pour éviter que de la crème régénératrice ne se mêle à son dîner.

L'e-mail fut multiplié par six, ce qui ne dérangea pas Tamaya. Plus sa mère s'absorberait dans son travail, moins elle devrait répondre à ses questions.

Sa mère avait préparé une salade tout en prenant connaissance de ses mails. Elle faisait rarement une seule chose à la fois.

— Alors, est-ce que Mme Filbert a bien aimé ton exposé ? demanda-t-elle en disposant la salade sur la table.

— On n'a pas eu assez de temps, répondit Tamaya. On n'est pas arrivés jusqu'au mien.

— Dommage. Tu y avais tellement travaillé.

Les cheveux de sa mère étaient foncés, ses yeux sombres, comme ceux de Tamaya, mais le teint de sa peau était plus clair. Elle aimait les vêtements colorés. Le vert de son fard à paupières s'accordait avec la couleur de son chemisier.

Tamaya haussa les épaules.

– Ce sera pour demain. De toute façon, personne ne s'intéresse à Calvin Coolidge.

Tamaya aurait préféré choisir un autre président pour son exposé, mais quand son tour était venu de répondre à Mme Filbert, tous les bons présidents avaient déjà été pris.

C'était typique. Tamaya était restée assise sans dire un mot, la main levée, et quelqu'un avait crié : « Je veux faire Lincoln », puis quelqu'un d'autre avait demandé Washington. Mme Filbert avait donné ces deux présidents à ceux qui s'étaient manifestés, bien qu'un instant plus tôt, elle eût annoncé à toute la classe : « Restez assis en silence et attendez que j'appelle votre nom. »

Mme Filbert avait suggéré elle-même Calvin Coolidge à Tamaya lorsque son tour était enfin venu. « Il te ressemblait beaucoup, Tamaya, avait-elle dit. On l'appelait Cal le Silencieux parce qu'il avait la réputation de ne pas parler beaucoup. »

Mme Filbert avait dit « ne pas parler beaucoup »

comme s'il s'agissait d'un comportement un peu anormal. « C'est vous qui avez demandé à tout le monde de rester assis en silence », pensa Tamaya.

Après le dîner, Tamaya et sa mère travaillèrent côte à côte dans le canapé du living. La télévision était allumée, mais elles la regardaient à peine. Sa mère avait un ordinateur sur les genoux et le cahier de Tamaya était posé sur la table basse, à côté de son livre d'histoire.

Elle n'était pas censée faire de simples recherches sur Internet. Les tablettes et les smartphones étaient interdits à l'école Woodridge. La directrice, Mme Thaxton, voulait que les élèves étudient à l'ancienne. Même les calculettes étaient proscrites.

Sa mère leva les yeux de son ordinateur et demanda à Tamaya si elle s'était lavé les mains après dîner.

— Tu as de la sauce de pizza sur toi.

Tamaya regarda sa main. Ce n'était pas de la sauce de pizza. Malgré la crème, les petits boutons rouges étaient revenus. Ils semblaient plus gros et plus nombreux. Les picotements étaient également de retour, bien qu'elle n'y eût pas fait très attention jusqu'à présent.

Elle ne pouvait plus le cacher à sa mère.

– Ce n'est pas de la pizza, dit-elle. Je crois que j'ai attrapé une sorte d'urticaire.

Elle tendit la main.

Tamaya et sa mère partageaient une même habitude qui consistait à se mordre la lèvre inférieure lorsqu'elles réfléchissaient. C'est ce que fit sa mère en examinant l'urticaire de Tamaya.

– Et puis, ça donne une drôle de sensation, ajouta Tamaya.

– Tu sais comment tu l'as attrapé ?

– Je m'en suis aperçue à la fin de l'école.

C'était tout ce qu'elle pouvait dire. Elle avait promis à Marshall de ne rien révéler à sa mère ni à qui que ce soit de leur incursion dans les bois.

– J'ai mis un truc dessus.

– Quel truc ?

– De la crème régénératrice pour les mains. Dans un pot bleu.

– Très bien, approuva sa mère. Je m'en sers tout le temps. Elle fait de vrais miracles.

Tamaya fut contente d'entendre ça.

– J'ai une réunion demain matin, lui dit sa mère, mais si tu veux, je peux l'annuler et t'emmener chez le Dr Sanchez.

– Non, ce n'est pas la peine, répondit-elle. Je remettrai de la crème avant d'aller me coucher.

— On verra ce que c'est devenu demain matin, dit sa mère.

Par la suite, Tamaya pensa qu'elle aurait dû accepter d'aller chez le Dr Sanchez. Au moins n'aurait-elle pas eu à s'inquiéter de voir Chad surgir devant elle sur le chemin de l'école.

« La prochaine fois, c'est ton tour, Tamaya. »

Mais un garçon de cinquième frapperait-il véritablement une fille de CM2 à l'école, avec tous les professeurs autour ? Elle en doutait. Peut-être allait-il simplement la bousculer pour la faire tomber et elle pourrait alors l'accuser d'avoir déchiré son sweater. Dans ce cas, les parents de Chad seraient obligés de lui en acheter un nouveau. D'une certaine manière, c'était un peu vrai. Sans Chad, il n'y aurait pas eu de trou dans son sweater.

Une fois de plus, elle examina la déchirure. Elle avait essayé de remettre en place quelques-uns des fils en les repassant dans le trou et, finalement, elle trouva qu'on ne le remarquait peut-être pas tant que ça.

Tamaya avait une autre raison de ne pas vouloir aller chez le médecin ce matin-là. Quelque chose qu'elle n'aurait jamais avoué à ses amis.

Elle n'avait jamais manqué un seul jour d'école. À

la fin de chaque année scolaire, elle avait reçu un certificat de parfaite assiduité. Ces certificats n'avaient pas la même valeur aujourd'hui que lorsqu'elle était en CE1 et CE2, mais elle ne voulait quand même pas gâcher un bilan aussi impeccable.

Avant d'aller se coucher, elle récita ses prières et, ce soir-là, elle y associa Chad Hilligas. Elle ne pria pas pour que rien de fâcheux ne lui arrive. Elle demanda plutôt à Dieu d'aider Chad à découvrir ce qu'il y avait de bon au fond de son cœur.

$$2 \times 16 = 32$$
$$2 \times 32 = 64$$

10

MERCREDI 3 NOVEMBRE
2H26

Tamaya dormait. Mais pas Marshall. S'il était vrai que Chad le tourmentait, lui-même se tourmentait encore davantage.

Il était allongé dans son lit, essayant désespérément de trouver le sommeil. Il savait qu'il lui faudrait avoir l'esprit vif pour affronter Chad, mais le sommeil arrive rarement quand on s'acharne à le chercher. Il vaut mieux le laisser venir en douceur.

Il s'était attiré des ennuis pour être rentré de l'école si tard. Il était censé s'occuper des jumeaux, mais comme il ne s'était pas montré, son père avait dû quitter son travail en avance pour le remplacer.

— Nous ne pouvons nous permettre de te maintenir à Woodridge que si chacun fait sa part de travail, lui avait rappelé son père.

— Très bien, j'irai dans une autre école, avait répondu Marshall. J'ai horreur de cet endroit.

Tout cela n'avait pas de sens à ses yeux. Si ses parents n'avaient pas les moyens de payer cette école et que en plus, il la détestait, pourquoi ne pas l'inscrire ailleurs ? Mais cette discussion les mettait encore plus en colère. Un peu plus tard, alors qu'il retournait dans sa chambre, il avait accidentellement marché sur le village d'hippopotames des jumeaux, ce qui avait provoqué d'autres cris.

— Tu as de la chance que ce ne soit pas sur toi que j'aie marché ! avait-il lancé à Daniela.

Tout était la faute de ses parents, décréta Marshall. Son anniversaire tombait le 29 septembre et quand il avait eu quatre ans, ses parents avaient dû faire un choix : ou bien il entrerait en maternelle en étant l'un des plus jeunes enfants de la classe, ou bien il attendrait un an de plus et il serait alors l'un des plus âgés. S'ils avaient attendu, il serait aujourd'hui plus âgé que ses camarades, plus grand, plus fort qu'eux, et Chad Hilligas ne serait pas dans la même classe que lui.

— Combien le Sénat des États-Unis compte-t-il de membres ?

M. Davison avait posé la question à Chad.

– Vingt-neuf ? avait répondu Chad à tout hasard.

C'était Andy qui avait éclaté de rire, pas Marshall.

– Comment se peut-il qu'ils soient seulement vingt-neuf, alors qu'il y a cinquante États ? avait souligné Andy.

Puis M. Davison avait demandé :

– Marshall, tu veux bien nous dire combien il y a de sénateurs ?

À cet instant, Marshall sut qu'il était condamné. Il avait envisagé de donner une réponse fausse, et il aurait peut-être dû le faire, mais qui sait ? S'il avait dit quelque chose comme vingt-huit ou un million, Chad aurait pu penser qu'il se moquait de lui.

Au lieu de cela, Marshall, le regard fixé sur sa table, avait répondu à voix basse :

– Je crois qu'ils sont cent.

C'était un peu plus tard que Chad l'avait quasiment jeté à bas des escaliers.

– On va régler ça une bonne fois pour toutes. Et tu as intérêt à être là, espèce de petit morveux dégonflé !

À présent qu'il était étendu dans son lit, à deux heures et demie du matin, les yeux grands ouverts, Marshall essayait de se convaincre que, puisque Chad avait fini par lui flanquer une raclée, il ne chercherait plus à l'inquiéter. Ils avaient réglé ça « une fois pour toutes ».

Sauf que le contraire était beaucoup plus probable, il le savait. Maintenant que Chad avait senti le goût du sang, il lui en faudrait encore plus. Et il s'en prendrait aussi à Tamaya.

Il s'imaginait arrivant à l'école avec elle. Elle est en train de jacasser au sujet de Monica, de Calvin Coolidge ou d'autre chose lorsque Chad la saisit par les cheveux, la fait tourner sur elle-même et lui donne un coup de poing dans la figure !

— Laisse-la tranquille ! s'écrie Marshall.

Tamaya est par terre, elle pleure. Chad s'apprête à la frapper une deuxième fois, mais Marshall lui attrape le bras.

— Je t'ai dit de la laisser tranquille, Face de Cul !

Chad le bouscule. Il bouscule Chad à son tour. Une petite foule se rassemble autour d'eux.

Chad se jette sur lui de toutes ses forces, donnant des coups de poing comme un fou, mais Marshall tient bon, il esquive et riposte.

Au début, Marshall comprend que tout le monde a pris parti pour Chad, mais à mesure que la bagarre se prolonge, il entend quelques-uns de ses anciens amis se mettre de son côté. « Vas-y, Marshall ! » « Tu peux l'avoir, Marshall ! »

Et à ce moment-là...

Tandis que Marshall essayait de trouver le sommeil, il envisageait d'autres issues au combat. Parfois, c'était lui le vainqueur, il laissait Chad à terre, meurtri et sanglant, implorant sa grâce. D'autres fois, Chad gagnait, mais seulement après une longue et dure bagarre.

Il se voyait allongé sur le carrelage, à peine capable de bouger. Deux jolies filles de sa classe, Andrea Gall et Laura Musscrantz, agenouillées à côté de lui, admirent son courage en épongeant avec des serviettes en papier humides le sang qui coule sur son visage. Laura l'embrasse sur la joue.

Mais il avait beau imaginer cette scène, il savait qu'elle ne se produirait jamais.

Si Chad attaquait Tamaya, le mieux qu'il pouvait souhaiter, c'était qu'un professeur intervienne avant qu'elle ne prenne trop de coups. Alors, peut-être que Chad serait renvoyé et qu'au bout d'un moment, les autres l'oublieraient et redeviendraient amis avec Marshall.

Il ne fallait pas espérer davantage et il s'en voulait terriblement, car il savait que c'était l'espoir pathétique d'un dégonflé.

11

Pouf !

Extrait de l'audition secrète du Sénat :

> **Sénateur Haltings :** Bien sûr, nous plaçons tous de grands espoirs dans la découverte d'un substitut bon marché et non polluant à l'essence. Mais ma plus grande inquiétude, monsieur Fitzman, c'est ce qui se passera lorsque vos ergonymes de fabrication humaine se mélangeront au milieu naturel. Quels seront leurs effets sur la flore et sur la faune ? Et en dernier lieu sur la vie humaine ? Nous n'en savons rien.
>
> **Jonathan Fitzman :** J'ai la réponse à ça.
>
> **Sénateur Haltings :** Plus quelque chose est petit, plus il est difficile de le contenir. Vous pouvez mettre un

tigre ou un grizzly dans une cage, mais il est beaucoup plus compliqué d'empêcher un minuscule micro-organisme de s'échapper.

Jonathan Fitzman : Ce n'est pas un problème.

Sénateur Haltings : Si tout se déroule comme vous le souhaitez, les gens rempliront le réservoir de leur voiture avec de la Biolène à chaque station-service, de Miami à Seattle. Des camions-citernes transporteront de la Biolène à travers tout le pays. Des fuites se produiront. Il y aura des accidents. Que se passera-t-il alors ?

Jonathan Fitzman : Vous prenez tout la tête en bas et totalement à l'envers. Vous vous inquiétez de ce que les ergonymes puissent s'échapper, mais en réalité, c'est le contraire. Je fais tout ce que je peux pour empêcher le monde extérieur de les atteindre.

Sénateur Haltings : Je ne suis pas sûr de bien voir la différence.

Jonathan Fitzman : Les ergonymes ne peuvent survivre au contact de l'oxygène. Exposez un ergonyme à de l'oxygène et *pouf* !

Sénateur Haltings : *Pouf ?*

Jonathan Fitzman : Il se désintègre. *Pouf.* Vous n'avez pas à avoir peur que des ergies s'échappent à l'air libre. À la Ferme SunRay, nous avons dû construire des tuyaux et des réservoirs sous vide simplement pour empêcher l'air d'entrer.

12

MERCREDI 3 NOVEMBRE
7H08

Tamaya s'éveilla au son de sa chanson préférée. La fenêtre qu'elle avait fait exprès d'entrouvrir laissait passer un air froid qui rendait d'autant plus confortable la tiédeur des couvertures.

Elle entendait sa musique chaque matin à 7h08, car huit était son chiffre favori. Le chiffre préféré de Monica, sa meilleure amie, était le sept et elle aussi se réveillait chaque jour à cette heure précise.

Les pensées de Tamaya la ramenèrent à l'année précédente. Il y avait une grande cheminée au fond de sa classe de CM1. La maîtresse l'avait remplie de coussins et, lorsqu'ils avaient fini de travailler, les élèves avaient le droit d'aller s'y asseoir et de lire.

La cheminée était si grande qu'elle pouvait accueillir au moins quatre personnes. Tamaya et Monica étaient généralement les deux premières à s'y asseoir, côte à côte, pour lire leurs livres en essayant de ne pas pouffer de rire.

Alors que Tamaya repensait à tout cela, une peur grandissante s'insinuait lentement dans ses souvenirs. La cheminée remplie de coussins laissa place à l'image des bois environnants, de son sweater déchiré et de Chad. Elle revoyait son regard froid lorsqu'il lui avait dit : « La prochaine fois, c'est ton tour, Tamaya. »

Sa main la picota. Elle la sortit de sous la couverture et y jeta un coup d'œil. Tout d'abord, elle crut que l'urticaire s'était atténué mais, lorsque sa vision se fut accoutumée à la lumière, elle se rendit compte que les petits boutons rouges étaient toujours là, recouverts d'une sorte de croûte pulvérulente.

De la poudre s'était également répandue sur son oreiller et, quand elle rabattit les draps, elle s'aperçut qu'il y en avait partout dans le lit. Elle était d'une couleur rose cuivrée, comme sa peau.

Tamaya se leva d'un bond et se précipita dans la salle de bains.

La poudre partit tout de suite, mais l'urticaire s'était étendu. Les petits boutons rouges lui couvraient toute la main et remontaient jusqu'au poignet. Certains s'étaient transformés en cloques.

En se regardant dans la glace, elle vit une croûte qui s'étalait sur le côté droit de son visage. Elle l'aspergea d'eau, puis frotta vigoureusement toute sa surface avec un gant de toilette imbibé de savon et d'eau très chaude.

Il ne semblait pas y avoir de petits boutons sur sa figure. Elle paraissait un peu rouge, mais c'était peut-être à force de l'avoir tellement frottée.

Le pot de crème miraculeuse de sa mère se trouvait à présent dans la salle de bains de Tamaya. Le soir précédent, elle en avait mis un peu sur chaque petit bouton, puis l'avait fait pénétrer doucement dans la peau. Maintenant, elle allait appliquer le traitement de choc ! Elle plongea les doigts dans le pot et en retira une grosse noix de pommade crayeuse qu'elle étala en une couche épaisse sur toute la surface atteinte.

Elle retourna dans sa chambre et roula ses draps en boule pour aller les mettre dans la machine à laver qu'elle régla sur la température la plus chaude.

— Tu laves tes draps, *maintenant* ?

Tamaya fit volte-face.

Sa mère était déjà habillée d'une veste et d'une jupe couleur rouge groseille. Son fard à paupières était de la même teinte que ses vêtements.

– C'est à cause de mon urticaire, répondit Tamaya. Pour éviter qu'il se répande.
– Fais voir.
Tamaya tendit la main.
– J'ai l'impression que ça va un peu mieux, dit sa mère.
Tamaya savait que c'était parce qu'il était couvert de crème, mais elle ne dit rien. L'haleine de sa mère sentait le dentifrice et le café.
– Voilà ce qu'on va faire, lui annonça sa mère, tu vas dire à Marshall qu'aujourd'hui je viendrai te chercher à la sortie de l'école. Je peux aussi le déposer chez lui s'il veut, et ensuite, je t'emmènerai chez le Dr Sanchez.
Tamaya approuva d'un signe de tête, contente qu'on soigne son urticaire.

$$2 \times 64 = 128$$
$$2 \times 128 = 256$$

Elle ajusta son sac à dos sur ses épaules de telle sorte que les sangles couvrent le trou de son sweater, puis elle traversa rapidement la maison et sortit avant que sa mère n'ait eu le temps de la regarder de trop près. Elle n'avait toujours pas trouvé d'explication pour justifier la déchirure de son uniforme.

Elle arriva devant chez Marshall au moment où il sortait. Il portait ses anciennes lunettes.

Au cours de l'été, il avait échangé ses lunettes contre des verres de contact. Elle préférait les lunettes. Elle trouvait son visage vide sans elles.

— Tu as remis tes lunettes ? remarqua-t-elle.

Il haussa les épaules et répondit :

— J'ai perdu mes verres de contact dans les bois.

— Oh.

Elle revoyait dans sa tête l'image de Chad qui le frappait au visage, envoyant voler ses lentilles, bien que ce ne fût peut-être pas comme cela que les choses s'étaient passées.

Marshall n'avait pas de marques sur le visage. Il paraissait simplement fatigué, à bout de forces, comme s'il n'avait pas dormi depuis une semaine.

Il marchait en traînant les pieds. Les autres jours, Tamaya devait parfois faire des efforts pour le suivre, mais aujourd'hui, à mesure qu'ils avançaient avec lenteur le long du trottoir, elle commençait à se demander avec inquiétude s'ils n'allaient pas être en retard.

Ses picotements s'étaient accentués. Elle ressentait à présent de véritables petites piqûres sur sa peau, comme si sa main avait été criblée de centaines d'aiguilles minuscules.

— Au fait, ma mère vient me chercher à la sortie de l'école, dit-elle à Marshall. Elle m'emmène chez le médecin. J'ai attrapé de l'urticaire ou un truc comme ça dans les bois.

Elle lui montra sa main, mais il y jeta à peine un coup d'œil.

— Tu ne lui as pas dit qu'on était allés là-bas, j'espère ? demanda Marshall.

— Non.

— Sinon, on va avoir de sérieux...

— Je te répète que je n'ai rien dit.

— Bon, ça va.

— Elle peut aussi te raccompagner, si tu veux.

— Oui, on verra, répondit Marshall, mais Tamaya savait qu'il serait très content de se faire déposer chez lui, content d'échapper à Chad.

Ils s'engagèrent sur Richmond Road. Il y avait une forte circulation matinale et, une fois encore, Tamaya songea que Marshall aurait pris beaucoup moins de risques s'il était rentré par le chemin habituel. Elle n'aurait pas déchiré son sweater. Il n'aurait pas perdu ses verres de contact. Et elle n'aurait sans doute pas eu d'urticaire, pensa-t-elle, bien qu'elle ne fût pas certaine de l'avoir attrapé là.

Pendant qu'ils longeaient la lisière des bois, le sentiment de peur qu'elle avait éprouvé en se réveillant lui revint. Il semblait un peu plus pesant à chaque pas.

Elle ne parvenait pas à définir exactement de quoi elle avait peur. Elle ne pensait pas être particulièrement effrayée par Chad, du moment qu'il y avait du monde autour d'eux. C'était quelque chose de différent. De pire. Comme si elle avait su qu'un événement terrible était sur le point de se produire, si redoutable que son cerveau lui interdisait d'y penser.

Ils arrivèrent à l'angle de Woodridge Lane.

— C'était là que je devais le retrouver, dit Marshall.

Il y avait une bande de terre envahie de mauvaises herbes entre le trottoir et la clôture. Tamaya pensa que Chad, voyant que Marshall ne se montrait pas, avait dû escalader le grillage pour couper à travers bois.

— Au moins, il y aurait eu des gens tout autour, fit remarquer Tamaya. Dans les bois, c'était pire.

— Ne m'en parle plus.

Marshall donna un coup de pied par terre.

Tamaya se sentait désolée pour lui. Elle n'aimait pas cette impression. Elle préférait admirer Marshall, comme c'était le cas d'habitude.

— Chad n'est qu'un gros abruti, dit-elle.
— Je m'en fous, de lui, marmonna Marshall.
— Un énorme abruti ! insista-t-elle, en parlant suffisamment haut pour que Chad soit obligé de l'entendre s'il se cachait à proximité.
Ils tournèrent dans Woodridge Lane. Les bois s'étendaient de chaque côté du chemin qui menait à l'école.
Tamaya accéléra le pas.
— Si on ne se dépêche pas, on va être en retard, dit-elle, mais Marshall continuait de traîner derrière elle.
Elle marcha de plus en plus vite, puis quelque chose en elle l'incita à courir. Ce n'était pas la seule crainte d'arriver en retard. Elle avait simplement peur – mais de quoi, elle ne le savait pas.
Lorsqu'elle arriva à la hauteur de la file de voitures qui s'étendait devant l'école, elle était hors d'haleine. Ce fut seulement à ce moment-là qu'elle cessa de courir.
Elle entendit quelqu'un appeler son nom.
Merilee, la petite sœur de Monica, le corps à moitié penché à la vitre de la Mercedes de sa mère, lui faisait signe de la main.
Tamaya lui rendit son salut de la main gauche. Elle essayait de dissimuler la droite aux regards.

Elle attendit au bord du trottoir que Merilee, puis Monica, sortent de la voiture.

— Où tu étais, hier ? demanda Monica. Je n'ai pas arrêté de t'appeler.

Tamaya aurait voulu tout lui raconter, mais elle n'osa pas prendre ce risque. Elle savait que Monica le répéterait à Hope et, qu'à partir de là, toute l'école serait au courant.

— Je ne sais pas, répondit-elle, un peu partout, dedans, dehors.

— Il te faut un portable, dit Monica.

— C'est interdit à l'école, lui rappela Tamaya.

— Tu peux t'en servir après la classe, fit remarquer Monica.

— Moi aussi, j'étais dedans et ensuite dehors, dit Merilee, et puis je suis revenue dedans et ressortie dehors.

Monica demanda à sa sœur de se taire.

— Tu ne croiras jamais qui j'ai rencontré hier, dit-elle à Tamaya.

— M. Beauchamps, dit Merilee.

— Tais-toi. Laisse-moi lui raconter. M. Beauchamps. Il faisait du jogging, juste devant chez moi ! Il me voit et me dit : « Bonjour, mademoiselle Monique. » Je te jure, j'ai failli avoir un fou rire.

M. Beauchamps avait été leur professeur de français depuis le CE1.

— On ne penserait pas qu'un type chauve puisse avoir des jambes aussi poilues, dit Monica.

Tamaya se força à sourire.

Marshall fut soulagé de voir Tamaya entrer en toute sécurité dans l'école en compagnie de son amie Monica et sans la moindre trace de Chad. Il ne savait pas très bien comment il aurait réagi si Chad l'avait attaquée. Il aimait à penser qu'il aurait essayé de la protéger, mais il savait aussi qu'il ne l'aurait peut-être pas fait.

Il arriva devant la porte d'entrée. Les salles des cinquième étaient situées au sous-sol. C'était autrefois le quartier des domestiques, mais tout le monde à l'école l'appelait le cachot.

Pour Marshall, c'était vraiment comme un cachot. Il descendit les marches d'un pas lourd, résigné à toutes les tortures, à toutes les souffrances qui l'attendaient.

13

Avis de catastrophe

Extraits de l'audition secrète du Sénat :

> **Professeur Alice Mayfair :** L'année de ma naissance, en 1975, il y avait quatre milliards d'habitants sur la planète. C'est beaucoup. Il y a cent ans, il y en avait moins de deux milliards. Mais aujourd'hui, à l'heure où je m'adresse à cette commission, nous sommes plus de sept milliards.
>
> **Sénateur Foote :** Quel est le rapport avec la Biolène ?
>
> **Professeur Alice Mayfair :** Plus de trois cent mille bébés naissent chaque jour. Jour après jour après jour. Chacun d'eux aura besoin de nourriture, d'eau et d'énergie.

Sénateur Foote : C'est exactement pour cela que la Biolène est nécessaire à notre pays.

Sénateur Wright : Pardonnez-moi, professeur, j'avais cru comprendre que vous alliez témoigner sur les catastrophes éventuelles pouvant résulter de l'introduction dans l'environnement d'organismes de fabrication humaine. J'ai l'impression, à vous entendre, que vous êtes en faveur de la Biolène.

Professeur Alice Mayfair : Oh, des catastrophes, il y en aura. Qu'elles soient dues à la Biolène ou à autre chose, qui peut savoir ? Vers l'année 2050, deux milliards de personnes supplémentaires habiteront cette planète. Neuf milliards en tout !

Sénateur Foote : Voilà pourquoi nous avons besoin de la Biolène.

Professeur Alice Mayfair : À moins que nous fassions quelque chose pour contrôler les naissances dans le monde, rien ne pourra nous aider, sénateur. Ni la Biolène ni l'agriculture intensive, ni les engrais, ni les colonies sur Mars.

Sénateur Wright : Soyons bien clairs. Vous voulez empêcher les gens d'avoir trop d'enfants, partout dans le monde ?

Professeur Alice Mayfair : Oui.

Sénateur March : *(rire)* J'ai bien peur que cet objectif dépasse quelque peu les compétences de cette commission.

14

MERCREDI 3 NOVEMBRE
9H40

Les lundis, mercredis et vendredis, les élèves de Mme Filbert devaient écrire quelque chose dans leur journal. Parfois, elle les laissait décider du sujet, mais le plus souvent elle le leur suggérait.

Tamaya préférait les suggestions. C'était étrange, mais il lui semblait plus difficile d'avoir elle-même une idée sur laquelle écrire, alors qu'elle aurait pu choisir tout ce qu'elle voulait.

La plupart des autres élèves grognaient et gémissaient quand ils entendaient les suggestions de Mme Filbert, quelles qu'elles soient. Il y a des gens qui aiment se plaindre, tout simplement.

Ce jour-là, Mme Filbert écrivit sa suggestion sur le tableau blanc, puis la lut à haute voix :
— Comment gonfler un ballon rouge.

Les habituels grognements et gémissements furent accompagnés de nombreux « Hein ? » et « Quoi ? ». Des mains s'étaient levées tout autour de Tamaya.

— Je ne comprends pas, déclara Jason sans prendre la peine de lever la sienne. Il suffit de le mettre dans la bouche et de souffler.

— Ah, tu veux dire comme ça ? demanda Mme Filbert.

Avec de grands yeux étonnés, Tamaya regarda la maîtresse prendre un ballon rouge et l'enfoncer entièrement dans sa bouche. Mme Filbert prit alors une profonde inspiration, puis souffla, crachant le ballon par terre.

Tout le monde éclata de rire, y compris Tamaya. Elle adressa un sourire à Hope, assise à côté, puis essaya de croiser le regard de Monica, à l'autre bout de la salle. Monica se retourna vers elle, partageant sa stupéfaction.

Mme Filbert se gratta la tête, comme plongée dans une grande perplexité.

— Ça n'a pas marché, remarqua-t-elle.

— Il ne faut pas mettre tout le ballon dans la bouche, dit Jason, toujours sans lever la main. Juste un côté.

Mme Filbert se frappa le front du plat de la main.
- Pourquoi n'as-tu pas commencé par là ?

Elle prit un autre ballon rouge et, cette fois, n'en mit qu'un seul côté dans sa bouche – le mauvais côté.
- Non, dans l'autre sens ! lança Monica.

Mme Filbert tourna le ballon.
- Maintenant, soufflez, dit Monica.

Cette fois encore, Mme Filbert cracha le ballon par terre.

Tout autour de Tamaya, des élèves criaient des instructions pour essayer d'expliquer à Mme Filbert en quoi elle s'était trompée. D'autres décrivaient à leurs voisins ce qu'ils venaient de voir, comme si eux-mêmes ne l'avaient pas également vu.

Mme Filbert leva deux doigts et attendit que tout le monde se soit calmé.
- Ne me dites rien, recommanda-t-elle. *Écrivez-le.* Et faites comme si ce que vous allez écrire devait être lu par quelqu'un qui, de sa vie, n'a jamais vu un ballon rouge. Et qui, en plus, n'est pas particulièrement intelligent.

Mme Filbert se tapota la tempe du plat de la main, comme pour voir si elle n'avait pas la tête creuse.

Tamaya éclata de rire. Son esprit travaillait déjà aux instructions à donner sur : « Comment gonfler un ballon rouge ».

— Il faudra donc que vos indications soient claires et précises, poursuivit Mme Filbert. Ensuite, vous les lirez à haute voix et nous verrons combien de ballons je parviendrai à gonfler.

Les protestataires recommencèrent à grogner et gémir. Tamaya, en revanche, était prête à relever le défi. Elle prit son crayon, réfléchit un moment, puis écrivit :

« Commencez avec un ballon rouge à plat. Il s'agit de le remplir d'air que vous soufflerez avec vos poumons. »

Le reste de la classe bruissait encore des chuchotis sur la maîtresse qui avait craché des ballons par terre.

De l'autre côté de l'allée qui séparait leurs tables, Hope tendit le bras et tapota l'épaule de Tamaya.

— Qu'est-ce qui est arrivé à ton sweater ? murmura-t-elle.

Tamaya sentit son cœur se serrer. Elle avait espéré qu'on ne le remarquerait pas.

— De quoi tu parles ? répondit-elle à voix basse.

— Il est tout déchiré.

Tamaya haussa les épaules.

— Qu'est-ce que ça peut faire ? dit-elle, s'efforçant de montrer qu'elle n'avait rien d'une fayote, contrairement à ce que pensait Hope.

Elle retourna à son journal, relut ce qu'elle avait écrit et ajouta : « Cherchez l'extrémité qui comporte un trou. »

Non, elle n'aimait pas cette formulation. Ce n'était certainement pas un trou qu'on devait chercher dans un ballon ! Mme Filbert était bien capable de percer elle-même le ballon avec une aiguille, simplement pour qu'il y ait un trou !

Elle essaya de trouver un autre mot. La petite protubérance ronde, peut-être ?

Elle s'efforça d'effacer ce qu'elle avait écrit, mais ne parvint qu'à faire une vilaine tache grisâtre sur le papier. Les pages du journal de Tamaya étaient toujours propres et nettes et elle avait une très belle écriture. Elle essaya de gommer plus fort, mais pas trop fort quand même pour ne pas déchirer le papier.

Une goutte de couleur rouge tomba sur la tache.

Tout d'abord, Tamaya s'inquiéta beaucoup plus de l'état de son journal que d'autre chose. Mais lorsqu'elle regarda sa main, elle fut horrifiée de voir qu'elle était couverte de cloques et de sang.

Elle lâcha son crayon qui roula sur la page du journal en laissant une trace rouge, puis continua sa course jusqu'au bord de la table avant de tomber par terre.

— Madame Filbert ! s'écria Hope. Tamaya a du sang partout !

$$2 \times 256 = 512$$
$$2 \times 512 = 1\,024$$

15

Dans le cachot

Il n'y avait toujours pas trace de Chad lorsque Marshall entra dans sa salle de classe et s'assit à sa place. Mais son soulagement se transforma très vite en anxiété. Il tournait la tête chaque fois qu'il entendait la porte s'ouvrir. Il savait que Chad pouvait arriver d'un moment à l'autre, de son pas assuré, et dire à tout le monde ce qui s'était passé dans les bois, racontant que Marshall avait eu besoin d'une fille de CM2 pour le protéger.

Le cours commença et Chad ne s'était toujours pas montré. Pourtant, l'inquiétude de Marshall ne faisait qu'empirer. Il tapota le sol du pied pendant que le professeur annonçait le programme de la matinée. D'une certaine manière, il espérait que Chad se dépêcherait de venir. Qu'il fasse ce qu'il ferait, dise ce qu'il dirait et que tout soit terminé. Le pire moment, c'était l'attente.

À la fin de la première heure, Marshall sortit dans le couloir avec prudence, certain que Chad l'attendait derrière chaque coin de mur. Il parvint sans encombre au cours de mathématiques et quand il vit qu'il n'y avait personne à la table de Chad, il réussit enfin à se détendre, mais un tout petit peu seulement.

Les maths avaient toujours été le point fort de Marshall et, en l'absence du regard de Chad qui lui vrillait la nuque, il put enfin se concentrer pour la première fois depuis des semaines.

M. Brandt posa deux équations simultanées sur le tableau blanc. Marshall entreprit de les résoudre dans sa tête en même temps que le professeur les développait devant la classe.

M. Brandt écrivit deux nouvelles équations.

– Quelqu'un veut essayer ?

Chad ou pas, Marshall n'osa quand même pas lever la main.

Peut-être M. Brandt remarqua-t-il quelque chose dans l'expression de son visage, une vivacité dans le regard.

– Marshall, dit-il, tu veux te lancer ?

Il tressaillit en entendant son nom, puis se leva lentement. Il s'avança vers le tableau sans provoquer sur son passage les habituels chuchotements narquois. Aucune jambe ne se mit en travers de son chemin pour essayer de le faire trébucher.

Il prit le marqueur des mains de M. Brandt, examina un moment les deux équations et en écrivit une nouvelle qui combinait des éléments des deux premières. Il sentit son assurance grandir à mesure qu'il remplaçait les lettres par des chiffres.

Derrière lui, la porte s'ouvrit.

On n'aurait même pas pu appeler cela un grincement, simplement un bruit de vieille porte qui pivotait sur ses gonds, mais Marshall reconnut ce son dès qu'il l'entendit.

Son assurance le quitta d'un coup tandis qu'il sentait les muscles de ses jambes se liquéfier. Il essaya de se concentrer sur les équations tracées devant lui, mais ce n'était plus qu'un mélange confus de chiffres, de lettres et de signes mathématiques.

Il entendit le clic-clac de semelles dures qui résonnaient sur le sol. Le pas était différent de celui de Chad, cependant. Il se tourna lentement.

D'une démarche résolue, Mme Thaxton, la directrice, s'avançait dans la salle, l'air grave et déterminée.

– Je suis désolée de vous interrompre, monsieur Brandt, dit-elle.

Elle tourna le dos à Marshall pour faire face à la classe.

– J'ai malheureusement des nouvelles très préoccupantes à vous communiquer.

Marshall ne savait pas très bien où il devait se placer. Il ne voulait pas passer devant Mme Thaxton pour retourner à sa table et il préféra se glisser de côté, s'éloignant du tableau blanc en direction du mur.

La directrice parla lentement, en détachant ses mots :

– L'un de vos camarades, Chad Hilligas, est introuvable. On ne l'a plus revu depuis qu'il a quitté l'école hier après-midi. D'après ce que nous pouvons savoir, il n'est jamais rentré chez lui.

Mme Thaxton prit une profonde inspiration et poursuivit :

– Si quelqu'un parmi vous sait quelque chose sur l'endroit où il aurait pu se rendre ou sur ce qui lui est arrivé, il faut que je le sache immédiatement.

Personne ne dit un mot.

Marshall, debout près du mur, sentit tourbillonner dans sa tête une masse de pensées confuses. Entendre le nom de Chad l'avait paralysé. Le martèlement de son cœur résonnait en écho sous son crâne.

— Quelqu'un se souvient-il d'avoir vu Chad après l'école, hier? demanda M. Brandt.

— Avez-vous vu ou entendu quoi que ce soit? ajouta Mme Thaxton d'un ton engageant.

Marshall savait qu'il aurait dû parler, mais cela lui semblait impossible.

Laura Musscrantz leva lentement la main.

— Oui, Laura, dit M. Brandt.

— Je l'ai vu.

— Où?

— Richmond Road.

— Est-ce qu'il t'a dit quelque chose? interrogea Mme Thaxton.

— Non, j'étais dans la voiture de ma mère. Nous sommes juste passées devant lui. Vous m'avez demandé si je l'avais vu. C'est tout.

Marshall se demanda si Laura l'aurait vu aussi, au cas où il se serait trouvé là.

— As-tu remarqué dans quelle direction il allait? demanda Mme Thaxton.

— À droite en sortant de l'école, je crois. On est parties dans l'autre sens et je ne l'ai plus revu après.

— Quelqu'un d'autre a-t-il vu Chad ou lui a-t-il parlé? reprit Mme Thaxton. Soit après l'école, ou peut-être un peu plus tôt ? A-t-il dit ce qu'il comptait faire à la fin des cours ?

Cody leva la main, puis la baissa aussitôt, mais pas assez vite pour que M. Brandt ne l'ait pas remarqué.

— Tu sais quelque chose, Cody ?

— Il m'a vaguement parlé de ce qu'il allait faire, mais je trouverais ça un peu bizarre de le répéter.

— Que t'a-t-il dit ? insista Mme Thaxton. Ce n'est pas le moment d'être gêné ou de trouver ça bizarre.

Cody haussa les épaules.

— Très bien, c'est vous qui le demandez. Il a dit qu'il allait casser la figure de Marshall.

Un rire étouffé s'éleva au fond de la classe, mais un seul regard de Mme Thaxton suffit à faire taire celui ou celle qui l'avait laissé échapper.

— Désolé, mon vieux, lança Cody en regardant Marshall. Ce sont ses paroles exactes.

Pour la première fois, Mme Thaxton sembla remarquer Marshall qui se tenait toujours contre le mur, visiblement mal à l'aise.

— Marshall, tu sais quelque chose à ce sujet ?

Il ne put que hausser les épaules et dut rassembler toutes ses forces simplement pour s'empêcher de trembler.

— As-tu rencontré Chad en rentrant chez toi hier ?

Il répondit par un hochement de tête négatif.

– Savais-tu qu'il te cherchait ?
– Non, dit-il.
– Tu ne l'as pas vu du tout ?
– Je suis revenu à pied, comme d'habitude. Il n'était pas là.

Mme Thaxton le fixa longuement du regard.

– Sais-tu pourquoi il voulait se battre avec toi ? Que s'est-il passé ?

Marshall hocha à nouveau la tête.

– Chad s'en est pris à Marshall toute l'année, intervint Andy. Et sans aucune raison.

– Marshall ne lui a jamais rien fait, fit observer Laura. Chad est simplement méchant.

Mme Thaxton regarda à nouveau Marshall un long moment, puis elle reporta son attention sur le reste de la classe.

– Si quelqu'un se rappelle autre chose, n'importe quel détail de ce que Chad aurait pu dire ou faire, ou encore une parole que quelqu'un aurait prononcée à son sujet, s'il vous plaît, faites-le savoir à M. Brandt ou à moi-même. Si vous préférez parler en privé, je serai dans mon bureau. Réfléchissez bien et n'ayez pas peur de venir me voir. Tout ce que vous me direz restera strictement confidentiel.

Elle sortit de la salle. Tous les regards se tournèrent alors vers Marshall.

Il se hâta de revenir à sa place. Les équations demeuraient sur le tableau blanc, sans solution.

16

MERCREDI 3 NOVEMBRE
10 H 15

À l'aide de coton et d'eau oxygénée, Mme Latherly nettoya le sang répandu sur la main de Tamaya.
— Tu ne dois surtout pas te gratter, l'avertit-elle.
— Je ne me suis pas grattée.
— Plus tu te grattes, pire c'est. En plus, chaque fois que tu t'écorches la peau, il y a un risque d'infection.
— Je ne me suis pas grattée, répéta Tamaya.
Elle était assise sur une chaise en plastique, dans une alcôve du bureau, là où se trouvaient l'imprimante et la machine à café. Les produits pharmaceutiques étaient disposés sur une étagère, à côté de l'imprimante.
Mme Latherly passait la plus grande partie de ses

journées à répondre au téléphone ou à travailler sur un ordinateur, mais chaque fois que quelqu'un tombait malade ou avait besoin de soins d'urgence, c'était elle qu'il fallait aller voir.

— Peut-être que j'ai un peu frotté, reconnut Tamaya. Mais ça ne gratte pas. Ça picote, plutôt. Un peu comme quand on a les mains très froides et qu'on les met sous l'eau chaude. On dirait des petites piqûres d'aiguille. C'est la même sensation.

— Ah bon, dit Mme Latherly en prenant sur l'étagère la trousse de premier secours, mais Tamaya pensa qu'elle ne l'écoutait pas vraiment.

Elle la regarda ouvrir la trousse et sortir divers tubes dont elle lut les étiquettes avant de les remettre en place. Tamaya aurait voulu qu'elle se dépêche. Elle espérait toujours pouvoir revenir en classe assez tôt pour finir ce qu'elle avait commencé à écrire dans son journal.

Elle imaginait Hope, Jason et Monica lisant à Mme Filbert leurs instructions sur «Comment gonfler un ballon rouge». Elle voyait les ballons s'échapper de la bouche de leur maîtresse et voler en cercle autour de la salle sous les rires de toute la classe.

«Ce n'est pas juste, songea-t-elle. Pourquoi est-ce qu'il faut tout le temps que je rate les meilleurs moments?»

Il lui semblait qu'il en était toujours ainsi. Elle avait raté la fête d'anniversaire de Hope, avec promenade en limousine, parce qu'elle avait eu lieu précisément le week-end où elle était avec son père à Philadelphie. Ensuite, Katie, la seule amie, pour ainsi dire, qu'elle avait à Philadelphie, l'avait invitée à faire du cheval à la campagne avec sa famille, mais là encore, c'était tombé le mauvais week-end.

M. Franks, le directeur adjoint, entra dans l'alcôve.

– Bonjour, Tamaya, dit-il. Tu n'es pas malade, j'espère ?

– Oh non, c'est juste de l'urticaire.

– Alors, ça va. Il ne faudrait pas que ta parfaite assiduité soit compromise.

Il lui adressa un clin d'œil.

Tamaya sentit une bouffée de chaleur lui monter au visage et elle essaya de son mieux de ne pas rougir. Toutes ses amies étaient d'accord : M. Franks avait le physique d'une star de cinéma. Summer jurait qu'il avait un tatouage sur la nuque, ce qui expliquait pourquoi il portait toujours une veste et une cravate. Elle ne savait pas ce que le tatouage représentait, mais c'était certainement quelque chose de *pas convenable*. Si Mme Thaxton le découvrait, il serait renvoyé.

M. Franks se pencha pour se verser une tasse de

café et Tamaya s'efforça de jeter un coup d'œil à sa nuque. Elle ne vit rien du tout. Elle doutait qu'il eût vraiment un tatouage. Comment se pourrait-il que Summer le sache et pas Mme Thaxton ?

— Tends ta main, dit Mme Latherly.

Tamaya attendit que M. Franks ait quitté l'alcôve. Elle ne voulait pas qu'il voie son horrible urticaire.

— J'ai essayé de mettre une crème de ma mère, expliqua-t-elle. Mais ça n'a pas marché.

— Ça, en tout cas, ça marchera, lui assura Mme Latherly.

Pendant qu'elle appliquait la pommade, Tamaya lut à l'envers ce qui était écrit sur le tube. « Hydrocortisone 1 % ». Elle fut rassurée en voyant les mots : « Concentration maximum ».

— Tu as des animaux, chez toi ? demanda Mme Latherly.

— Cooper, mon chien.

— Tu crois que tu pourrais être allergique à Cooper ?

— Non ! s'exclama Tamaya.

Ce serait trop horrible. Cooper, c'était ce qu'il y avait de mieux quand elle allait chez son père. Il dormait dans le même lit qu'elle et souvent, quand elle se réveillait, le chien lui léchait la figure.

— Est-ce que récemment, Cooper a eu des problèmes de puces, de tiques ou de gale ?

– J'espère que non, répondit Tamaya.

Mme Latherly parut perplexe.

– Il en a eu ou pas ?

Tamaya expliqua qu'elle voyait Cooper seulement un week-end par mois.

Mme Latherly eut l'air exaspérée.

– Tamaya, j'essaie de déterminer ce qui a pu provoquer ton urticaire. Si tu ne t'es pas approchée de Cooper ces jours derniers, il est évident que ça ne vient pas de lui.

– Désolée, dit-elle.

Elle se sentit stupide.

Il était parfois déroutant d'avoir deux maisons différentes. C'était comme avoir deux vies séparées ; deux demi-vies. Les deux ensemble n'équivalaient pas à une vie entière. Elle avait l'impression qu'il lui manquait quelque chose.

Mme Latherly enveloppa de gaze la main de Tamaya.

– Est-ce que tu te souviens d'avoir touché autre chose récemment ? demanda-t-elle. Peut-être un produit de nettoyage ?

Tamaya se demanda si elle devait parler à Mme Latherly de l'étrange boue. Elle ne voulait pas attirer d'ennuis à Marshall. Elle savait cependant qu'il était important de dire la vérité à un médecin ou à une infirmière, même si ce n'était qu'une infirmière à temps partiel dans une école.

— Il y a eu cette boue d'écume, avoua-t-elle.

— Tu as mangé des cacahuètes ou du beurre de cacahuète ? interrogea Mme Latherly sans montrer d'intérêt pour la boue.

L'esprit de Tamaya resta cependant fixé sur la boue d'écume. Tout était arrivé très vite mais, en se repassant la scène dans sa tête, elle se revoyait saisir une poignée de cette gadoue semblable à du goudron. Elle se rappelait vaguement qu'elle était tiède, mais peut-être embellissait-elle ses souvenirs.

— As-tu mangé récemment des cacahuètes ou du beurre de cacahuète ? répéta Mme Latherly.

Tamaya s'obligea à se concentrer sur cette question.

— Hier, j'ai mangé un sandwich au beurre de cacahuète et à la confiture, dit-elle. Ou peut-être la veille.

— Il se peut que tu sois allergique, fit remarquer Mme Latherly. La prochaine fois que tu iras chez le médecin, il faudrait que ta mère lui demande de te faire un test d'allergie. En attendant, il vaut mieux que tu évites le beurre de cacahuète.

— Ma mère fait sa propre confiture de fraise, avec de vraies fraises, peut-être que j'y suis allergique, suggéra Tamaya.

— C'est possible, répondit Mme Latherly.
— Elle m'emmène chez le médecin, après l'école.
— Très bien.

Mme Latherly pansa séparément chaque doigt de Tamaya, puis sa paume et son poignet.

— Quel effet ça te fait ?

Tamaya essaya de remuer les doigts.

— J'ai l'impression d'être une momie, plaisanta-t-elle.

Mme Latherly eut un sourire.

— J'aimerais bien te donner un comprimé antiallergique, mais il me faudrait l'autorisation de ta mère. Je vais l'appeler à son travail. Viens me revoir après déjeuner.

Tamaya dit qu'elle n'y manquerait pas.

— Et souviens-toi, tu ne dois plus te gratter !

$$2 \times 1\,024 = 2\,048$$
$$2 \times 2\,048 = 4\,096$$

17

MERCREDI 3 NOVEMBRE
10 H 45

Au moment où Tamaya retourna dans la classe de Mme Filbert, les autres en étaient déjà au cours de maths. Deux ballons rouges gonflés étaient fixés avec du papier collant au tableau d'affichage. Elle sut par la suite que seuls Sam et Rashona avaient réussi à rédiger des instructions permettant de gonfler un ballon. D'après Hope, Mme Filbert n'avait dû tricher qu'un tout petit peu avec leurs indications pour y parvenir.

Tout au long de la matinée, Tamaya avait ressenti une pointe de déception chaque fois qu'elle regardait les deux ballons. Elle était sûre qu'elle aussi aurait pu avoir son ballon accroché au tableau, et sans aucune tricherie.

Elle était obligée d'écrire de la main gauche, ce qui lui était presque impossible. Même en maths, elle eut un mal fou à essayer simplement de tracer le chiffre deux.

— Alors, qu'est-ce que tu t'es fait à la main ? lui demanda Hope.

— Je ne dois plus manger de beurre de cacahuète, murmura Tamaya.

— Le beurre de cacahuète te fait saigner la main ?

Tamaya haussa les épaules. Elle ne voulait pas en parler. Pas avec Hope. Mais elle ne pensait pas que son urticaire eût le moindre rapport avec les cacahuètes ou le beurre de cacahuète.

Ce ne pouvait être que la boue d'écume.

$$2 \times 4\,096 = 8\,192$$
$$2 \times 8\,192 = 16\,384$$

Les sacs en plastique n'étaient plus autorisés à l'école Woodridge et n'importe qui, au-dessus de la classe de CE1, serait mort de honte à l'idée de se faire surprendre avec une traditionnelle boîte à sandwich à la main. Tamaya et ses amies emportaient leur déjeuner dans des sacs en tissu réutilisables.

Celui de Monica était noir avec un symbole de

paix en strass. Celui de Hope, noir également, était orné d'un cœur rouge. Celui de Tamaya était blanc et effiloché sur les bords à cause de ses nombreux passages dans la machine à laver et la sécheuse.

Les filles descendirent l'escalier en direction du réfectoire.

– S'ils te demandent pourquoi tu as la main bandée, ne leur dis pas que c'est de l'urticaire, conseilla Hope.

Tamaya ne savait pas qui était «ils». Elle pensa que Hope parlait des autres élèves présents dans le réfectoire.

– L'urticaire, c'est dégoûtant, approuva Monica.

– Dis-leur que tu t'es enfoncé un crayon dans la main! suggéra Hope.

– Ça aussi, c'est dégoûtant, fit remarquer Tamaya.

– Mais c'est le genre de choses dégoûtantes que les garçons aiment bien, assura Monica.

Tamaya ne comprenait toujours pas ce qu'elles voulaient dire.

Summer, qui était dans l'autre classe de CM2, attendait à la porte du réfectoire.

– Qu'est-ce qui t'est arrivé? demanda-t-elle en la voyant.

– Elle s'est enfoncé un crayon dans la main, répondit Monica, avant que Tamaya ait pu prononcer un mot.

Summer parut très inquiète.

— Pourquoi ?

— Simplement comme ça, dit Hope.

— Pas vraiment, murmura Tamaya.

Les quatre amies entrèrent dans le réfectoire.

— Fais comme si tu ne les voyais pas, dit Monica en se dirigeant vers la table à laquelle elles s'étaient assises la veille.

Les garçons étaient déjà là. Le déjeuner des grandes classes commençait quarante minutes avant celui des cours moyens.

Tamaya fut soulagée de ne pas voir Chad dans leur groupe, mais elle était curieuse de savoir où il pouvait bien être. En regardant autour d'elle, elle ne vit pas non plus Marshall. Elle espérait qu'il ne lui était rien arrivé.

— Ne les regarde pas ! murmura Monica d'un air impérieux.

— On s'assied là où on s'est toujours assises, dit Summer.

— S'ils sont là aussi, c'est une simple coïncidence, ajouta Hope.

Tamaya se mordit la lèvre. Elle se demanda à quel moment ses amies avaient décidé de prendre à nouveau place à côté des garçons. Ou peut-être n'en avaient-elles même pas parlé. Peut-être était-ce une de

ces choses qu'elle était simplement «censée savoir».
Les filles enjambèrent les bancs et s'installèrent à la table sans accorder un regard aux garçons. Tamaya gardait les yeux baissés.

— Qu'est-ce qui lui est arrivé ? demanda un des garçons.

Summer se tourna vers lui.

— Tiens, salut, dit-elle comme si elle venait tout juste de remarquer sa présence.

— Tamaya s'est donné un coup de crayon, expliqua Monica.

Elle adressa un sourire au garçon.

— La pointe lui a traversé la main, dit Hope. Entrée d'un côté, ressortie de l'autre.

— C'est cool, ça.

Tamaya examina le contenu de son déjeuner sans lever les yeux. Elle savait que tous les regards étaient dirigés vers elle. Si elle l'avait pu, elle aurait rampé à l'intérieur de son sac pour s'y cacher.

— Ça ne t'a pas fait mal ? interrogea le garçon assis à côté d'elle.

Le cœur de Tamaya battait très vite tandis qu'elle continuait de se concentrer sur son déjeuner. Il était composé d'un sandwich, d'une briquette de jus de fruit, d'une barre de granola et d'une boîte plastique de fruits en tranches.

– Bien sûr que ça lui a fait mal, dit Summer, qu'est-ce que tu crois ?

Le garçon posa la main sur l'autre bras de Tamaya, juste au-dessus du coude.

– Pourquoi tu as fait ça ? demanda-t-il.

Il fallut à Tamaya tout son courage pour se tourner vers lui et le regarder.

– Et pourquoi pas ? répliqua-t-elle.

Le garçon garda les yeux fixés sur elle. De toute évidence, il était très impressionné.

Elle sourit.

Au moins, plus personne à présent ne penserait qu'elle était une petite fille bien sage.

– Au fait, les gars, vous avez entendu à propos de Chad ? demanda l'un des autres garçons.

Tamaya eut l'impression d'avoir reçu une décharge de mille volts.

– Qu'est-ce qui s'est passé ? interrogea-t-elle.

– Il a disparu, répondit le garçon assis à côté d'elle.

– On ne l'a plus revu depuis hier après-midi, dit un autre. Il n'est pas rentré chez lui.

Tous les garçons se mirent à parler en même temps.

– La police le recherche.

– Il doit être en prison quelque part.

– Il avait déjà volé au moins une dizaine de voitures.

Tamaya sentait la tête lui tourner. À nouveau, elle chercha Marshall du regard.

– S'il est en prison, la police devrait savoir où il se trouve, non ? fit observer Hope.

– Sauf s'il ne leur a pas dit son nom.

Le sentiment de terreur de Tamaya était de retour, plus puissant que jamais. Il n'était pas dû à l'urticaire, à son sweater déchiré, à la nécessité de mentir à sa mère ou à la crainte d'être brutalisée par Chad. C'était bien pire que toutes ces choses-là à la fois.

C'était plutôt *ça*.

Elle se leva. Un étourdissement l'obligea à se cramponner au bord de la table.

– Tu ne te sens pas bien ? s'inquiéta Summer.

Prenant le sac de son déjeuner, elle faillit tomber sur le banc lorsqu'elle l'enjamba pour quitter la table. Elle devait tout de suite retrouver Marshall !

– Où tu vas ? demanda Monica.

Alors qu'elle traversait le réfectoire en cherchant désespérément Marshall, elle entendit divers groupes d'élèves parler de Chad.

– Il est monté sur le toit, tout en haut de l'école, et maintenant, il est coincé, il n'arrive plus à redescendre.

– Il fait partie d'un gang de motards et il est en route pour le Mexique.

– Il s'est battu au couteau, il est à l'hôpital et ne se souvient plus de rien. Il a même oublié son nom.

Tous semblaient penser que, quoi qu'il fût arrivé à Chad, ce ne pouvait être que sa faute. Il était fondamentalement mauvais et quand on a un mauvais fond, on se conduit mal, ce qui attire le mal sur soi.

Personne n'aurait pensé qu'en fait, c'était quelqu'un de bien sage qui était responsable de tout cela. *Une fayote qui n'avait jamais manqué une heure de classe et n'avait accompli qu'une seule mauvaise action dans toute sa vie!*

Tamaya parcourut le couloir et poussa la porte d'entrée de l'école. Elle sentit une bouffée d'air frais qui était la bienvenue. Respirant profondément, elle porta son regard au-delà du terrain de football, en direction des bois.

Chad était là-bas, quelque part, elle en était sûre.

Sinon, comment Marshall et elle auraient-ils pu lui échapper aussi facilement? C'était parce qu'elle lui avait écrasé une poignée de boue d'écume sur la figure. Au fond d'elle-même, elle devait le savoir depuis longtemps.

Elle regarda ses bandages qui masquaient non seulement son urticaire mais aussi sa culpabilité. Ce qui arrivait à sa main devait avoir des effets dix fois pires sur le visage de Chad.

Elle aperçut Marshall. Il jouait au basket avec d'autres garçons. Jamais elle n'avait éprouvé un tel soulagement en voyant quelqu'un.

— Marshall! cria-t-elle, puis elle courut vers le terrain en répétant son nom à deux reprises.

Il lui jeta un coup d'œil, mais continua à jouer.

— Il faut que je te parle!

Marshall ne lui prêta aucune attention.

Les joueurs couraient sur le terrain. La balle traversa les airs, rebondit sur l'anneau du panier et les garçons repartirent dans l'autre sens.

— Allez, viens! s'exclama-t-elle.

Elle savait qu'il ne voulait pas qu'elle lui parle quand ils étaient à l'école, mais cela n'avait plus aucun sens. Ces deux derniers jours, elle avait déjeuné en compagnie d'autres garçons plus âgés. S'ils n'avaient pas été gênés qu'on les voie avec elle, pourquoi lui le serait-il? Ce n'était quand même pas comme si on l'avait accusée d'avoir des poux.

— C'est important, lui cria-t-elle.

Quelqu'un lança la balle à Marshall. Il l'attrapa, jeta un bref regard à Tamaya, puis dribbla deux fois et passa le ballon à un autre joueur.

Les garçons étaient en chemise. Enjambant leurs sweaters chiffonnés qui traînaient par terre, Tamaya courait le long de la ligne de touche pour rester à la hauteur de Marshall et tenter de croiser son regard. Mais il ne voulait pas la voir.

Elle examina sa main bandée et pensa : « Peut-être que j'ai vraiment des poux. »

La balle frappa le panneau et retomba en direction de Tamaya. Elle se précipita et la rattrapa au troisième rebond.

Un garçon s'avança vers elle, les mains tendues, attendant qu'elle la lui renvoie.

– Il faut que je parle à Marshall, dit-elle.

– Allez, donne-moi cette balle, répliqua le garçon.

Tamaya serra le ballon contre sa poitrine en l'entourant de ses bras.

– C'est quoi, ton problème, fillette ? lança le garçon.

Marshall s'approcha d'elle.

– Arrête ton cirque, dit-il.

– Chad a disparu, répondit-elle.

Au moment même où elle disait cela, elle réalisa qu'il devait déjà être au courant.

– Et alors ? demanda-t-il.

Il posa les mains sur le ballon. Elle s'y cramponna un moment, puis relâcha sa prise et le lui laissa.

Elle attendit au bord du terrain que le match s'achève, son regard se tournant sans cesse vers les bois. La pause déjeuner pour les grandes classes s'arrêtait quarante minutes avant celle des cours moyens. Quand la cloche sonna enfin, Tamaya resta là pendant que les garçons ramassaient leurs sweaters, puis elle s'approcha lentement de Marshall.

— Quoi ? dit-il sèchement.

— On a été les derniers à le voir, répondit-elle. Il faut qu'on le dise à quelqu'un.

Les autres joueurs retournaient vers l'école.

— Non, Tamaya, répliqua Marshall d'un ton ferme. Nous ne pourrons le dire à personne, jamais. Écoute, c'est lui qui m'a frappé le premier. Moi, je ne lui ai rien fait. Et d'ailleurs, ça n'a rien à voir avec nous. Il a dû s'enfuir de chez lui ou quelque chose dans ce genre-là.

Tamaya leva sa main bandée.

— Regarde ma main !

— Je sais, tu me l'as déjà dit. Ta mère doit t'emmener chez le médecin.

— Mais regarde ! hurla-t-elle en arrachant la gaze et la bande adhésive.

Lorsque les bandages se détachèrent, une substance poudreuse se répandit en pluie, semblable à celle qui s'étalait dans son lit le matin même.

Marshall avait le regard fixe. Tamaya elle-même était stupéfaite de voir à quel point son urticaire avait empiré depuis que Mme Latherly l'avait traité.

D'énormes cloques, sanguinolentes et couvertes de croûtes, s'étaient répandues sur sa peau depuis l'extrémité de ses doigts jusqu'au-dessus de son poignet. Des boutons plus petits s'étendaient sur la moitié de son bras en direction du coude.

— Ça... ça a l'air grave, dit Marshall.

— C'est la boue dans les bois, répondit Tamaya. Je crois qu'elle est dangereuse. J'en ai pris dans ma main et je l'ai écrasée sur la figure de Chad.

Elle eut peur de fondre en larmes, mais elle se retint.

— *En pleine figure !* s'écria-t-elle.

— Et alors ?

— Pourquoi tu crois qu'il n'a pas couru après nous ? Il est toujours là, quelque part, et c'est *entièrement ma faute !*

— Tu n'en es pas sûre, objecta Marshall.

— Il faut que je le dise à Mme Thaxton.

— Non, impossible ! insista Marshall. Je lui ai déjà répondu que je n'avais pas vu Chad hier. Qu'est-ce que tu vas lui raconter ? Qu'on est rentrés ensemble et que toi, tu l'as vu, mais pas moi ? Réfléchis, Tamaya. « Ah, c'est vrai, madame Thaxton, je me souviens maintenant. En fait, j'ai vu Chad, hier. J'étais dans les bois et il m'a frappé, mais j'avais oublié. »

— Il faut que je le dise à quelqu'un.

— Ce n'est que de la boue. Et d'ailleurs, j'ai entendu dire qu'il était parti au Mexique avec un gang de motards.

— Tu *sais* très bien que ce n'est pas vrai, protesta-t-elle.

— Je ne *sais* rien, répliqua Marshall. Et toi non plus.

Il fit volte-face et elle le regarda s'éloigner en direction de l'école. Pas une seule fois il ne se retourna vers elle.

Quatorze minutes plus tard, Tamaya était toujours devant le terrain de basket lorsque la cloche sonna pour les élèves de sa classe. Elle ne savait pas quoi faire. Elle ne voulait pas que Marshall ait des ennuis par sa faute, mais il fallait que *quelqu'un fasse quelque chose* ! Elle resta là, sans bouger, tandis que tout autour d'elle les autres élèves rentraient en cours.

Une fois de plus, elle contempla les bois. Elle fit un pas vers le terrain de football. Puis un autre.

Tout d'abord, elle marcha lentement, puis son allure s'accéléra. Elle s'efforça de ne pas penser à Mme Filbert ou à Mme Thaxton. Et elle se mit à courir.

Le sac qui contenait son déjeuner se balançait au bout de sa main. Elle était contente de l'avoir emporté. Chad devait avoir faim.

$$2 \times 16\,384 = 32\,768$$
$$2 \times 32\,768 = 65\,536$$

18

MERCREDI 3 NOVEMBRE
13H00

Il y avait plus d'un mois que Marshall n'avait pas joué au basket avec ses amis. Un mois sans amis et pour les retrouver, il avait suffi d'une seule journée – *un jour, pas plus* – sans la présence de Chad.

« Marshall ne lui a jamais rien fait, avait dit Laura Musscrantz. Chad est méchant, c'est tout ! »

C'étaient peut-être les paroles les plus douces qu'il eût jamais entendues de sa vie.

Pourtant, assis à sa table dans la classe de M. Davison, à trois rangs de la place vide de Chad, il n'arrivait pas à chasser de son esprit l'image monstrueuse de la main de Tamaya. Des bandes déchirées de gaze sanglante pendaient de sa chair couverte de cloques.

Il revoyait ses yeux aussi qui le suppliaient de faire ce qu'il fallait.

« Juste au moment où les choses finissent par s'arranger pour moi, pensa-t-il. Pourquoi faut-il que les filles viennent toujours tout gâcher ? »

Il savait très bien ce qu'il fallait faire. Il l'avait déjà su quand Mme Thaxton était entrée dans sa classe pour annoncer la disparition de Chad.

L'unique raison pour laquelle il ne lui avait pas révélé la vérité sur-le-champ, c'était qu'il ne voulait pas attirer d'ennuis à Tamaya. Voilà en tout cas ce qu'il se disait à lui-même. Il avait gardé le silence dans l'intérêt de Tamaya.

Mais il savait bien qu'au fond, ce n'était pas vrai. Il n'avait rien dit parce qu'il avait peur. Peur et honte.

Cela n'avait plus d'importance à présent. Il était sûr que ce n'était plus qu'une question de temps avant que Tamaya raconte tout à quelqu'un, que ce soit à Mme Filbert, sa maîtresse, ou à Mme Thaxton.

Le téléphone de la classe sonna et le bruit lui sembla vibrer profondément en lui, jusqu'à la moelle de ses os. En regardant M. Davison parler dans le combiné, il essaya de déchiffrer les expressions de son visage. Sa jambe tremblait sous sa table.

M. Davison raccrocha et Marshall baissa aussitôt

les yeux en faisant semblant de se concentrer sur son livre ouvert.

— Marshall, Mme Thaxton voudrait te voir dans son bureau.

Il s'y attendait, mais ces mots lui firent l'effet d'une décharge électrique. Sa chaise grinça lorsqu'il l'écarta de la table. Il se leva et sortit de la classe en s'efforçant désespérément de paraître calme.

Il commença à monter l'escalier. Rien n'avait plus de sens à ses yeux. C'était Chad qui le frappait, mais c'était lui, Marshall, qui avait des ennuis !

Tout le monde s'inquiétait tellement pour le *pauvre Chad*. «Où est Chad?» «Tu l'as vu?» «Tu lui as parlé?» «Qu'est-ce qu'il a dit?»

«Chad a disparu? Très bien! Il n'est plus là et j'en suis très content!»

Cette pensée faisait-elle de lui quelqu'un de fondamentalement mauvais?

Il arriva en haut des marches. Le bureau était à droite, mais le regard de Marshall fut attiré de l'autre côté, vers un petit couloir où se trouvait une porte avec une fenêtre. La lumière du jour filtrait à travers le carreau.

Il observa la porte un long moment. Il était peut-être temps que les gens commencent à s'inquiéter du *pauvre Marshall,* songea-t-il.

Son regard s'attarda encore un peu sur la porte, mais il finit par détourner la tête et se dirigea vers le bureau. Tamaya avait raison. Il était temps de dire la vérité.

Mme Latherly lui tournait le dos. Penchée en avant, elle était occupée à ranger un classeur dans un tiroir.

– Mme Thaxton a demandé à me voir, dit-il.

La secrétaire se redressa.

– Ah, bonjour, Marshall, nous sommes contentes que tu sois là.

Il se demanda ce qu'elle voulait dire. Elle l'envoya dans le bureau de Mme Thaxton.

Par la porte ouverte, il vit la directrice assise à son bureau. Elle regardait par la fenêtre.

Il entra dans la pièce et s'éclaircit la gorge.

– Vous vouliez me voir ?

Elle se tourna vers lui.

– Tu sais où se trouve Tamaya ?

Ce n'était pas la question qu'il attendait et, pendant un instant, il se demanda s'il ne s'agissait pas d'une sorte de piège.

Le visage de Mme Thaxton frémit.

– Tu le sais ou pas ? interrogea-t-elle avec autorité.

– Dans la classe de Mme Filbert ?

– Non, elle n'y est pas. Elle n'est pas revenue après

le déjeuner. Je sais que vous passez beaucoup de temps l'un avec l'autre.

— Pas tellement. On vient à l'école ensemble. C'est parce qu'on habite la même rue. Sa mère ne veut pas qu'elle fasse le trajet toute seule.

Les mots sortaient d'eux-mêmes de sa bouche pendant qu'il essayait dans sa tête de comprendre quelque chose à ce qu'il se passait.

— Monica est sa meilleure amie, dit-il. Elle est peut-être au courant.

— J'ai parlé à Monica. Elle m'a raconté que Tamaya est brusquement sortie du réfectoire sans aucune raison et qu'elle n'est pas revenue. Où étais-tu à l'heure du déjeuner ?

— Dehors. Je jouais au basket.

— Tu l'as vue ?

— Mmm. Attendez, que je réfléchisse. Je crois que je l'ai peut-être vue près du terrain.

— Est-ce qu'elle t'a dit quelque chose ?

— Je me souviens, maintenant. La balle a rebondi, elle l'a rattrapée et puis elle me l'a rendue.

— Elle n'a pas parlé de quitter l'école en avance ?

— Ce matin, elle m'a dit que sa mère viendrait la chercher après la classe pour l'emmener chez un médecin. Elle a un urticaire assez grave. Peut-être que sa mère est passée plus tôt que prévu ?

– Mme Latherly a laissé un message à sa mère. Nous attendons une réponse.

– Tamaya fait toujours tout dans les règles, souligna Marshall. Jamais elle ne partirait sans le dire à quelqu'un.

– Je sais, répondit Mme Thaxton. C'est précisément ce qui m'inquiète.

Marshall attendit, mais pendant un bon moment Mme Thaxton ne prononça pas un seul mot. Elle le regardait, ou plutôt il avait l'impression qu'elle regardait *à travers* lui, comme si elle avait oublié sa présence.

– Tu peux y aller, dit-elle enfin.

Il n'eut pas besoin de se le faire répéter.

Un peu plus tard, Mme Thaxton annonça par haut-parleur que les accès de l'école allaient être fermés. Élèves et professeurs devaient rester dans leurs classes, lumières éteintes et portes verrouillées. Personne ne serait autorisé à entrer dans le bâtiment ni à en sortir.

Mais à ce moment-là, Marshall s'était déjà éclipsé par une porte latérale. Tel un prisonnier évadé, il avait traversé la pelouse à toutes jambes, escaladé frénétiquement la clôture et disparu dans les bois.

19

MERCREDI 3 NOVEMBRE
13H10

Les feuilles continuaient de tomber autour de Tamaya alors qu'elle s'aventurait parmi les arbres, espérant retrouver quelque chose, *n'importe quoi,* qui lui rappelle ce qu'elle avait vu la veille. Au moins saurait-elle alors qu'elle avait pris la bonne direction. Mais rien ne la frappait.

D'habitude, elle avait un très bon sens de l'observation. Elle était habile à remarquer les petits détails, mais la veille, elle avait eu tellement peur qu'il lui avait été impossible de se concentrer sur quoi que ce soit. Tous ses efforts s'étaient réduits à essayer de suivre Marshall au plus près. La seule chose qu'elle se souvenait d'avoir vue, c'était la boue d'écume.

Si elle parvenait à la retrouver, alors Chad ne serait peut-être pas loin.

Elle s'appliquait à tout repérer à présent : les souches d'arbres, les branches tordues, les formations rocheuses. Il y avait un arbre auquel plusieurs planches étaient clouées. Elle nota mentalement tout ce qu'elle voyait pour pouvoir reprendre le chemin du retour quand elle aurait retrouvé Chad. Elle s'arrêtait souvent, se retournait et retraçait dans sa tête le trajet parcouru.

— Chaaaad ! cria-t-elle.

Sa voix n'était pas très forte ni bien timbrée. Mme Filbert l'incitait toujours à la pro-*jeter*. « Tu as beaucoup de bonnes idées, Tamaya. Il faut que tu parles avec davantage d'autorité. » Chaque fois que c'était son tour de lire en classe un texte à haute voix, tout le monde se plaignait de ce qu'on ne la comprenait pas. Et dans la cour de récréation, en jouant à la balle au prisonnier, elle criait parfois pour appeler Hope ou Monica qui n'entendaient rien, même quand elles se trouvaient juste de l'autre côté du cercle.

Elle essaya à nouveau, en y mettant un peu plus de flamme.

— Chaa-aad !

Mais le supplément de flamme ne parvint qu'à lui briser la voix.

Elle repéra un arbre à l'écorce blanche dont les branches ne portaient plus que quelques feuilles mortes. L'une de ces branches semblait montrer la direction de l'école. Elle la grava dans sa mémoire.

Un peu au-delà de l'arbre, elle remarqua une mare boueuse, plus sombre. Une couche d'écume flottait juste au-dessus de la boue.

Elle s'en approcha à pas lents.

Elle ne pensait pas que c'était la même flaque de boue que la veille. L'autre flaque se trouvait au flanc d'une colline, elle s'en souvenait, maintenant. Ici, le sol était plutôt plat.

Elle accrocha à une branche d'arbre le sac qui contenait son déjeuner, puis s'avança vers la boue. Cette fois encore, il n'y avait pas de feuilles mortes à la surface, elles étaient toutes tombées autour. Tamaya s'agenouilla au bord de la flaque et sentit la tiédeur qui émanait de la boue d'écume. Sa peau fut parcourue de picotements, ou peut-être était-ce simplement la chair de poule due à l'anxiété.

Elle ramassa une feuille morte qui avait à peu près la taille de sa main. En la tenant par la tige, elle l'approcha lentement de la surface mousseuse. Lorsqu'elle la retira, la moitié supérieure de la feuille avait entièrement disparu. Elle laissa tomber ce qu'il en restait puis se releva en reculant.

Elle était allée chercher le sac de son déjeuner quand elle vit un peu plus loin une autre flaque de boue d'écume. Au-delà, elle en aperçut encore deux autres.

Elle retourna près de l'arbre blanc dont une branche indiquait le chemin de l'école.

Il n'était pas trop tard pour revenir en arrière. Si elle se dépêchait, elle pouvait même rentrer à temps pour éviter les ennuis. Il suffirait d'aller voir Mme Latherly afin de prendre le comprimé anti-allergique et de se faire à nouveau bander la main. Elle lui donnerait un mot d'excuse pour son retard.

La branche de l'arbre pointait dans une direction. Tamaya partit dans l'autre sens.

– Chaaaaaad ! hurla-t-elle de toutes ses forces.

Cette fois, sa voix ne se brisa pas. Tamaya s'enfonça plus loin à l'intérieur des bois.

$$2 \times 65\,536 = 131\,072$$
$$2 \times 131\,072 = 262\,144$$

20

Trois mois plus tard

En février de l'année suivante, trois mois après que Tamaya fut retournée dans les bois à la recherche de Chad, la Commission sénatoriale de l'énergie et de l'environnement procéda à de nouvelles auditions qui, cette fois, n'avaient plus rien de secret. À l'époque, le monde entier avait entendu parler de la Ferme SunRay, de la Biolène et de la catastrophe qui s'était produite à Heath Cliff, en Pennsylvanie.

Le Dr Peter Smythe, directeur adjoint du Centre de prévention et de contrôle des maladies, livra le témoignage suivant lors de l'audience consacrée au désastre de Heath Cliff :

Sénateur Wright : Avez-vous pu identifier ce micro-organisme ?

Dr Peter Smythe : Non. Pas à ce moment-là. Il ne ressemblait à rien de ce que nous avions dans nos bases de données.

Sénateur Wright : Aviez-vous déjà vu auparavant, vous-même ou quelqu'un d'autre au CPCM, un tel type d'urticaire ?

Dr Peter Smythe : Encore une fois, non. Nous ne savions pas non plus comment le traiter. Il n'y avait pas de remède.

Sénateur Wright : Vous avez donc ordonné la mise en quarantaine ?

Dr Peter Smythe : C'est le président qui a ordonné la quarantaine sur ma recommandation. Personne n'a été autorisé à quitter Heath Cliff et ses alentours. Ce qui incluait nos propres médecins et chercheurs. Une fois entrés dans la zone de quarantaine, ils ne pouvaient plus en ressortir. Des milliers de gens ont été infectés. Cinq personnes sont déjà décédées — celle dont on a retrouvé le corps dans les bois — et quatre autres contaminées par la suite.

Sénateur Foote : Toutes à cause d'une seule petite fille ?

Dr Peter Smythe : Une semaine après que Tamaya Dhilwaddi s'est rendue dans les bois, plus de cinq cents personnes ont présenté des symptômes d'urticaire, notamment un grand nombre de ses camarades de classe. Mais il serait erroné d'en attribuer la cause à elle seule. Ces micro-organismes de plus en plus envahissants ont tout simplement submergé l'environnement. Au moment des premières neiges, cette boue d'écume, comme on l'a appelée, s'était répandue sur les pelouses et les massifs de fleurs de toutes les maisons de Heath Cliff.

21

MERCREDI 3 NOVEMBRE
13H21

Un arbre mort était couché en travers, partiellement soutenu par ses branches brisées. Tamaya revit dans sa tête l'image fugitive de Marshall, debout sur un tronc. Elle se précipita vers l'arbre.

De près, il paraissait plus grand que dans son souvenir. Une branche épaisse d'où pointaient de nombreux petits rameaux se dressait, presque droite. Elle doutait que ce fût le même arbre.

Un peu d'écorce se détacha lorsqu'elle attrapa la base de la plus grande des branches. Elle se hissa sur le tronc, puis regarda autour d'elle, tout comme l'avait fait Marshall. Devant, le sol descendait en pente raide vers une ravine. Deux collines se dressaient de l'autre côté de cette déclivité.

L'une des collines était peut-être celle où ils avaient laissé Chad. Elle mit ses mains en porte-voix autour de ses lèvres et essaya de projeter sa voix fluette à travers la vaste étendue des bois.

– Chaaaaaaaad !

Elle scruta les collines, espérant apercevoir le rebord de pierre dont Marshall avait parlé, mais elle ne voyait que des arbres, des arbres et encore des arbres. Elle sauta à bas du tronc.

Son pied gauche s'enfonça alors dans une flaque visqueuse.

Avant même de regarder, elle comprit ce qu'elle venait de faire. Elle baissa les yeux et vit avec horreur son pied gauche plongé jusqu'à la cheville dans de la boue d'écume. Elle essaya de se libérer, mais son pied refusait de bouger. Il était immobilisé par la boue dont elle sentait la tiédeur filtrer à travers ses chaussettes.

Son pied droit s'était posé sur un sol ferme, juste au bord de la flaque. Elle étira la jambe droite le plus loin possible en arrière, en direction de l'arbre couché et saisit une des petites branches mortes. Les pointes dures qui hérissaient sa surface déchirèrent ses cloques tandis qu'elle essayait désespérément de se hisser de toutes ses forces.

La branche cassa au moment même où son pied se libérait. Elle faillit tomber en arrière dans la boue mais parvint à faire dévier son élan de côté et atterrit sur la partie sèche du sol, recouverte de feuilles mortes.

Elle arracha sa basket, puis sa chaussette imprégnée de boue. Elle en avait sur les doigts à présent et elle les essuya sur son sweater et sa jupe.

Elle ôta le sweater dont elle se servit pour nettoyer de son mieux sa jambe et son pied. Dans un mouvement de va-et-vient, elle passa l'étoffe entre ses orteils et continua de frotter même lorsqu'elle ne vit plus trace de boue. Elle s'inquiétait davantage de ce qui était invisible.

Elle abandonna le sweater maculé sur le tronc de l'arbre mort. Le sac de son déjeuner à la main, une chaussure au pied, l'autre nu, elle poursuivit son chemin le long de la pente, en direction de la ravine.

– Chaa-aaaa-aad !

$$2 \times 262\,144 = 524\,288$$
$$2 \times 524\,288 = 1\,048\,576$$

22

MERCREDI 3 NOVEMBRE
13H45

Au début de l'année scolaire, parents ou responsables de chacun des élèves de l'école Woodridge avaient à remplir une liasse de formulaires. Entre autres choses, ils devaient fournir à l'administration leurs divers numéros de téléphone et toute information nécessaire pour les contacter en cas d'urgence.

Ces numéros étaient à présent composés classe par classe, en suivant l'ordre alphabétique. De son bureau, Mme Thaxton entendait M. Franks et Mme Latherly passer les appels l'un après l'autre.

— Il y a eu un incident…

— Votre enfant est en parfaite sécurité. Nous prenons simplement toutes les précautions possibles.

— Non, il est nécessaire que vous veniez *vous-même* chercher votre fille. Le nom de votre baby-sitter ne figure pas dans nos dossiers. Si vous voulez nous faxer ou nous expédier par mail une autorisation signée...

— Aucune décision n'a encore été prise pour demain. Nous enverrons un e-mail collectif.

Mme Thaxton savait qu'elle aussi aurait dû prendre sa part des coups de téléphone, mais elle ne parvenait pas à s'y résoudre. Elle venait de raccrocher après avoir parlé à la mère de Tamaya qui avait rappelé l'école quand elle avait eu le message de Mme Latherly.

Non, elle n'était pas venue chercher Tamaya après le déjeuner. Oui, elle savait pour l'urticaire et elle avait prévu d'emmener Tamaya chez le médecin, mais après l'école.

« Qu'est-ce que c'est que cette histoire ? Où est Tamaya ? »

Mme Dhilwaddi était sur le chemin du retour. Ce qu'on pouvait espérer de mieux, c'était que Tamaya ait décidé de rentrer à la maison après déjeuner sans en avoir averti personne. Mais toutes deux savaient bien que Tamaya n'aurait jamais fait une chose pareille.

Le menton de Mme Thaxton tremblait et ses yeux s'étaient brouillés de larmes. Elle s'en voulait de ne pas avoir bouclé l'école dès qu'elle avait appris que Chad Hilligas avait disparu. Elle aurait dû le faire à ce moment-là ! Mieux valait une réaction excessive qu'insuffisante.

Mais elle savait quel genre de garçon était Chad. Quoi qu'il lui soit arrivé, quel que soit l'endroit où il se trouvait, elle n'avait pas pensé que cela pouvait concerner le reste de l'école. Non parce qu'elle ne s'était pas inquiétée pour lui. Au contraire, elle s'était fait beaucoup de souci. Simplement, elle n'avait pas vu dans sa disparition un signe de danger possible pour les autres élèves.

Elle se rappelait le jour où Chad et sa mère étaient venus pour la première fois dans son bureau. Sa mère avait rempli un chèque pour payer les frais de scolarité, puis elle le lui avait tendu en déclarant devant Chad lui-même : « Maintenant, c'est votre problème. »

Tamaya était très différente. Elle représentait l'exact opposé de Chad. Elle manifestait du respect pour les enseignants et une grande attention aux autres. Elle observait les règlements. Le genre d'élève qui n'éveillait guère l'attention des professeurs et c'était peut-être pour cette raison, se disait Mme Thaxton, qu'elle avait pu disparaître sans que personne ne s'en aperçoive.

Mme Thaxton ferma très étroitement ses paupières. Elle savait qu'elle devrait être forte en cette période de crise.

« Deux enfants disparus. Deux enfants disparus, en deux jours. »

Elle ne savait pas encore que la disparition d'un troisième serait bientôt constatée. Elle croyait que Marshall était retourné dans sa classe. M. Davison, lui, était persuadé qu'il se trouvait toujours dans le bureau de la directrice.

Personne ne s'inquiétait du *pauvre Marshall*.

23

MERCREDI 3 NOVEMBRE
14H00

La plupart du temps, le sol était lisse sous le pied nu et froid de Tamaya, mais elle devait avancer avec précaution pour éviter les brindilles et les cailloux pointus cachés sous les feuilles mortes. Son urticaire s'était étendu sur toute la longueur de son bras et elle voyait maintenant de petits boutons rouges sur son autre main. Elle ressentait des picotements partout, bien que, cette fois encore, elle ne sût pas s'ils étaient causés par la boue ou si c'étaient ses propres appréhensions qui lui donnaient la chair de poule. Il lui semblait qu'il y avait de plus en plus de flaques de boue de tous les côtés.

Elle savait cependant que, si les choses allaient

mal pour elle, elles devaient être dix fois pires pour Chad. Elle, au moins, avait pu rentrer chez elle la veille, prendre un bain et changer de vêtements.

— Chaaa..., commença-t-elle à crier, mais elle s'étrangla et fit un geste pour porter la main à sa bouche.

Juste devant elle était étendu un animal mort, elle ne savait pas lequel, couvert de fange et d'écume. Elle détourna précipitamment la tête.

Ce pouvait être un raton laveur ou un petit chien. Sous cette couche de boue, c'était difficile à dire et elle ne voulait pas aller voir de plus près.

Elle décrivit un large cercle pour le contourner, examinant attentivement le sol à chaque pas avant de poser en douceur le pied par terre.

Elle se demanda si quelqu'un d'autre, quelque part, connaissait l'existence de la boue d'écume. Elle avait essayé d'en parler à Mme Latherly, mais l'infirmière de l'école s'était montrée beaucoup plus préoccupée par le beurre de cacahuète! Même Marshall n'avait pas semblé comprendre.

Était-il possible qu'elle fût la seule au monde à savoir? Cette pensée l'effrayait, mais c'était aussi ce qui l'incitait à continuer.

Qui d'autre pourrait donner l'alerte, en dehors d'elle?

Elle était décidée à atteindre les collines, de l'autre côté de la ravine.

– Chaaa-aaad ! cria-t-elle. Tu es là ?

À mesure que la pente devenait plus raide, elle devait s'accrocher à des branches pour ne pas perdre l'équilibre. Elle rebondissait d'un tronc à l'autre en direction de la ravine.

Plus on approchait du fond, moins il y avait d'arbres, et le sol était encore plus escarpé. Tamaya voyait clairement la ravine. La boue d'écume la remplissait plus qu'à moitié.

Elle se plaça dans une position assise, plus commode, et remonta les bords de son sac pour que rien ne se renverse. Puis elle se laissa glisser en direction de la boue en se servant du talon de sa basket comme frein pour éviter de descendre trop vite.

Le sol était trop abrupt, cependant, et il lui fallut se tourner de côté. Elle s'accrocha à une touffe de mauvaises herbes pour se rattraper, mais les herbes s'arrachèrent du sol et elle bascula sur le ventre. Ses genoux s'écorchèrent contre des pierres coupantes. Enfin, son pied heurta de plein fouet un gros rocher qui arrêta sa chute.

Elle saisit une autre touffe d'herbe pour essayer de se maintenir en place et approcha précautionneusement son autre pied du rocher afin d'assurer son appui. En regardant par-dessus son épaule, elle vit qu'elle n'était plus qu'à quelques mètres du bord de la ravine. Une mince couche d'écume mousseuse s'en élevait comme une fumée.

Un peu plus loin, elle apercevait la surface plate d'un rocher enfoncé dans la terre. Ce serait un bon tremplin pour sauter de l'autre côté. Il fallait faire un bond d'un peu moins de deux mètres pour passer d'un bord à l'autre.

Se déplaçant en crabe, elle s'avança sur la pente en direction du rocher plat. Elle plantait ses ongles dans la terre pour ne pas glisser.

Tamaya savait qu'elle devrait faire vite. Si elle hésitait ne serait-ce qu'une demi-seconde, elle risquait de finir dans la boue.

Elle se souleva, pivota sur elle-même et plaqua son pied encore chaussé de la basket en plein sur le rocher. Elle sauta aussitôt et atterrit de l'autre côté de la ravine, à quelques centimètres seulement au-dessus de la boue. Profitant de son élan, elle escalada la pente tant bien que mal pour s'éloigner du fond.

Ce fut seulement lorsqu'elle put à nouveau se relever et marcher normalement le long du lit asséché d'un ruisseau qu'elle ressentit la douleur due à toutes les contusions qu'elle avait aux mains, aux bras, aux genoux, aux jambes. Son chemisier était un peu remonté au cours de sa glissade et elle avait des éraflures et des écorchures sur le ventre. Elle savait cependant que ses douleurs n'étaient rien comparées à celles de Chad.

— Chaaa-aaad !

Le lit du ruisseau montait en serpentant entre les deux collines qu'elle avait vues de l'autre côté de la ravine. Elle regardait sans cesse de l'une à l'autre en espérant apercevoir le rebord de pierre dont avait parlé Marshall. Tout en sachant que, même si elle parvenait à le découvrir, cela ne signifiait pas que Chad se trouvait encore dans les parages.

— Chaaaaad !

Elle avait la gorge sèche et sa faible voix était devenue encore plus ténue.

Pendant un instant, elle crut avoir entendu quelque chose. Elle s'arrêta et écouta.

Les bois étaient silencieux. En se retournant vers le chemin qu'elle venait de parcourir, elle se demanda si elle parviendrait jamais à retrouver la bonne direction pour sortir d'ici. Elle ne voulait pas être obligée de traverser à nouveau la ravine.

Elle perçut un bruit. Des brindilles cassées, puis des pas. Des pas inégaux, comme quelqu'un qui avance lourdement et vacille.

Elle le vit alors. Il se frayait un chemin en écrasant des enchevêtrements de branches minces et de bois mort.

Elle se figea.

— Je suis là! cria-t-il, mais sa voix n'était plus qu'un murmure rauque.

Le souffle inégal, il respira profondément à plusieurs reprises, puis continua d'avancer vers elle avec difficulté.

— Je suis là, répéta-t-il faiblement.

Son visage était devenu un amas de cloques, couvertes de pus séché et de sang coagulé, si horriblement enflé qu'elle arrivait à peine à voir ses yeux.

Elle amorça un geste pour porter sa main à sa bouche, mais s'interrompit, ne voulant pas que son urticaire se propage à ses lèvres et à sa langue.

Il s'approcha.

— Où t'es passée? cria-t-il, alors qu'il ne se trouvait qu'à quelques dizaines de centimètres d'elle.

Il s'affaissa sur les genoux.

— Je suis là, gémit-il. Et toi, tu es où?

Un sentiment d'horreur, de dégoût, de pitié la submergea. Quand elle parla enfin, ce fut d'une voix douce.

— Tu as faim?

$$2 \times 1\,048\,576 = 2\,097\,152$$

$$2 \times 2\,097\,152 = 4\,194\,304$$

24

La situation à Heath Cliff (trois mois plus tard)

Trois mois après que Tamaya eut retrouvé Chad dans les bois, Jonathan Fitzman fut assigné à comparaître devant la Commission d'enquête sur la catastrophe de Heath Cliff pour apporter son témoignage.

Donna Jones, une avocate représentant la Ferme SunRay, était assise à côté de Fitzy. Mme Jones lui avait bien spécifié qu'il ne devait en aucun cas utiliser le mot «catastrophe». Il fallait aborder le sujet en parlant de «la situation à Heath Cliff».

Maître Donna Jones : Il n'existe aucune preuve établissant un lien entre la Biolène et la situation à Heath Cliff.

Sénateur Wright : C'est ce que nous essayons de déterminer. Il y a un an et demi environ, monsieur Fitzman, lorsque vous êtes venu témoigner pour la première fois devant cette commission, vous avez déclaré que vos ergonymes ne pouvaient survivre dans un environnement naturel. C'est exact ? Vous avez dit que l'oxygène contenu dans l'air les tuerait. *Pouf.*

Jonathan Fitzman : C'est vrai. Ce sont mes propres termes. Cette catastrophe — je veux dire la situation à Heath Cliff — est terrible et quand je pense à tous ces gens, j'ai un sentiment d'horreur, mais il est impossible que mes ergies y soient pour quelque chose.

Sénateur Wright : Soyons clairs. Après avoir cultivé ces ergonymes, vous les combinez avec d'autres substances pour les transformer en Biolène. C'est bien cela ?

Jonathan Fitzman : Le processus est beaucoup plus complexe, mais disons que c'est un assez bon résumé.

Sénateur Wright : Ma question est la suivante : est-ce que les ergonymes présents dans la composition de la Biolène sont toujours vivants ?

Maître Donna Jones : Il n'existe aucune preuve établissant un lien entre la Biolène et la situation à Heath Cliff.

Sénateur Wright : Je veux simplement savoir si les ergonymes contenus dans la Biolène sont toujours vivants.

Jonathan Fitzman : Oui, c'est ce qui leur donne leur énergie. C'est leur vitalité.

Sénateur Wright : Et ils continuent à se reproduire toutes les trente-six minutes ?

Jonathan Fitzman : Non. Une fois qu'ils ont été figés dans la Biolène, il n'y a plus de division cellulaire. Sinon, le ratio serait complètement faux. Comprenez-moi bien : si j'avais pensé que mes ergies tueraient quelqu'un, je ne les aurais jamais, au grand jamais, lâchés dans la nature. La Biolène est censée sauver l'humanité, et non pas nous détruire.

Sénateur Wright : Monsieur Fitzman, essayez de ne pas agiter les bras comme ça. Vous avez failli donner un coup à votre avocate.

Maître Donna Jones : Je suis habituée, sénateur. J'ai appris à esquiver.

Sénateur Haltings : Je sais que vous avez déclaré avoir établi toutes sortes de mesures de sécurité, mais supposons un instant, monsieur Fitzman — simple supposition —, qu'un peu de Biolène soit renversée. J'imagine que, dans ce cas, la plus grande partie du liquide s'évaporerait.

Jonathan Fitzman : Oui et les ergies seraient désintégrés.

Sénateur Haltings : Et s'ils ne mouraient pas ? Ces ergonymes à présent libérés seraient-ils capables de se reproduire à nouveau ?

Jonathan Fitzman : Je ne sais pas. Peut-être, s'ils étaient encore vivants, mais au moment où le liquide aurait fini de s'évaporer, l'atmosphère les aurait déjà tués. Une voiture roulant à la Biolène doit être équipée d'un système à injection sous vide. Je travaille en ce moment à un moyen de maintenir en plein hiver une température suffisamment élevée dans le réservoir de carburant, même lorsque le moteur est éteint et la voiture garée dehors, dans la neige et la glace.

Sénateur Haltings : Vous avez indiqué l'année dernière qu'un ergonyme subit une division cellulaire toutes les trente-six minutes.

Jonathan Fitzman : Oui, jusqu'à ce qu'il soit figé dans la Biolène.

Sénateur Haltings : Avec des trillions et des trillions de cellules qui se divisent sans cesse, n'y a-t-il jamais de mutations ?

Maître Donna Jones : Il n'existe aucune preuve établissant un lien entre la Biolène et la situation à Heath Cliff.

Jonathan Fitzman : Il faut bien comprendre. Des mutations sont appelées à se produire. Mais ce n'est pas une raison pour que tout le monde panique. Normalement, quand il y a une division cellulaire, le nouvel organisme est la copie exacte de l'original. Mais lorsqu'une mutation intervient, cela signifie simplement qu'un défaut est apparu. Pour une cause quelconque, la copie n'est pas exactement conforme à l'original. L'organisme défectueux ne peut généralement pas survivre et tout s'arrête là. Les autres ergies continuent de faire ce qu'ils ont à faire.

Sénateur Haltings : Mais est-il possible qu'un ergonyme ait muté de telle sorte qu'il soit capable de survivre au contact de l'oxygène ?

Jonathan Fitzman : Les chances que cela se produise sont, disons, de une sur un trillion.

Sénateur Haltings : Une sur un trillion. D'accord. La dernière fois que vous êtes venu ici, vous avez déclaré qu'il y a plus d'un quadrillion d'ergonymes dans un gallon de Biolène. Or, un quadrillion divisé par un trillion égale mille. Avec une chance sur un trillion, cela voudrait dire que dans chaque gallon de Biolène, il y a mille ergonymes susceptibles de survivre dans un environnement naturel.

Jonathan Fitzman : Non, c'est inexact. J'avais déjà inclus dans mes calculs le nombre de mutations possibles quand j'ai dit qu'il y avait une chance sur un trillion. Vous, vous multipliez deux fois.

Sénateur Haltings : Supposons que quelqu'un renverse quelques gouttes de Biolène et que tous les ergonymes normaux se désintègrent, *pouf !* Il se pourrait, cependant, qu'un ergonyme mutant survive. Et trente-six minutes plus tard, il produirait une copie exacte de lui-même. Nous aurions alors deux ergies, tous deux capables de vivre au contact de l'oxygène. Trente-six minutes plus tard, nous en aurions quatre. Et au bout d'une journée, il existerait plus d'un milliard de ces ergonymes survivants. Et trente-six minutes plus tard, un milliard de plus.

Maître Donna Jones : C'est de la pure spéculation. Je pense que nous pouvons tous tomber d'accord sur le fait qu'aucune preuve ne permet d'établir un lien entre la Biolène et la situation à Heath Cliff.

Sénateur Haltings : Qu'est-ce qui vous a amené à la conclusion qu'il fallait maintenir une température élevée dans les réservoirs de carburant en hiver ?

Maître Donna Jones : M. Fitzman veut simplement s'assurer que les gens qui conduiront des voitures avec des moteurs à Biolène ne rencontreront aucune difficulté.

Jonathan Fitzman : Il faut bien comprendre. Je n'ai jamais voulu faire de mal à personne.

Sénateur Haltings : Malheureusement, du mal a été fait à beaucoup de gens.

25

MERCREDI 3 NOVEMBRE
14H12

Une longue file de voitures s'étirait de l'entrée de l'école Woodridge jusqu'à Richmond Road, bloquant la circulation. Parmi les conducteurs, de nombreux pères ou mères avaient les larmes aux yeux. On ne leur avait pas donné les noms des enfants disparus, ils avaient simplement été informés que les leurs étaient sains et saufs.

Devant l'école, chaque voiture était accueillie par un enseignant qui commençait par vérifier l'identité du conducteur puis allait chercher chacun des élèves dans sa classe et le ramenait à la voiture. Ces enfants étaient souvent pris au dépourvu et gênés par les embrassades et les étreintes de leurs parents.

Un policier en uniforme assurait la surveillance.

C'était un lent processus dont la lenteur venait de s'accentuer. Une voiture arrêtée à l'entrée de l'école n'avait pas bougé depuis un temps assez long.

Le père, qui avait si longtemps et si patiemment attendu, se félicitant en silence de sa chance, avait annoncé à l'enseignante venue à sa rencontre qu'il s'appelait John Walsh. Il avait montré son permis de conduire et précisé qu'il était le père de Marshall Walsh.

— Il est en cinquième.

L'enseignante lui avait souri en disant qu'elle connaissait Marshall depuis qu'il était en CM1.

— C'est un garçon merveilleux.

M. Walsh attendit. Il regardait d'autres voitures s'arrêter derrière et devant la sienne. Parents et enfants étaient réunis. Les voitures repartaient et d'autres prenaient leur place.

Il attendait toujours, avec une anxiété croissante à chaque seconde, les mains crispées sur le volant.

La voix de Mme Thaxton résonna dans les haut-parleurs de l'école qu'on entendait aussi bien à l'extérieur que dans les classes.

— Marshall Walsh, veuillez vous présenter au bureau.

M. Walsh se mit à trembler.

La voix de Mme Thaxton retentit une deuxième fois. Elle semblait un peu plus fébrile.

— Marshall Walsh, présentez-vous au bureau, immédiatement !

Un moment plus tard, l'enseignante revint vers la voiture de M. Walsh, non pas avec Marshall, mais en compagnie d'un agent de police.

26

MERCREDI 3 NOVEMBRE 14H20

Tamaya tremblait quand elle prit dans son sac la briquette de jus de fruit. Avec les dents, elle déchira le plastique qui maintenait la paille.

Chad, toujours prostré par terre comme un animal blessé, se frottait les bras de ses mains couvertes de cloques pour essayer de se réchauffer.

— Qu'est-ce que tu fais ? demanda-t-il d'une voix rauque.

— Une seconde, répondit Tamaya.

Elle dut se concentrer de toutes ses forces pour contrôler ses gestes et parvenir à percer l'ouverture de la briquette à l'aide du bout pointu de la paille.

— Bon, maintenant, tends le bras.

Elle lui mit la briquette dans la main et fut parcourue d'un frisson de dégoût lorsque les doigts de Chad touchèrent les siens.

Elle s'essuya sur sa jupe en le regardant tripoter maladroitement la paille, puis l'enfoncer entre ses lèvres boursouflées.

Chad aspira tout le jus de fruit et continua de sucer la paille jusqu'à ce que les côtés de la briquette se creusent.

— Tu veux un sandwich ? proposa Tamaya.

Elle ôta le couvercle de la boîte en plastique. C'était un sandwich de pain de mie sans croûte au beurre de cacahuète et à la confiture. Elle repensa à ce que Mme Latherly avait dit et faillit éclater de rire. « Dis donc, j'espère que tu n'es pas allergique », songea-t-elle.

Chad bondit sur elle. Sa main s'abattit sur le cou de Tamaya, lui arrachant une exclamation. Son autre main la saisit par l'épaule. Elle trébucha en arrière tandis qu'il s'emparait du sac contenant son déjeuner.

Le sandwich tomba par terre.

Chad se rassit. Il fouilla à tâtons dans le sac et en retira la barre de granola.

— Tu n'avais pas besoin de faire ça, dit Tamaya, j'allais te le donner.

Il déchira le papier et mangea la barre en trois bouchées.

— Fais attention, tu vas t'étrangler, l'avertit Tamaya.

— Je sais qui tu es, répliqua-t-il en mâchant le dernier morceau. Tu t'appelles Tamaya et tu es une copine de Marshall.

— Et alors ? Je n'ai jamais dit le contraire.

— C'est toi qui m'as fait ça, l'accusa-t-il. J'ai pensé à toutes les façons de me venger si jamais je retombais sur toi et te voilà.

Tamaya se mordit la lèvre.

— Je suis désolée, dit-elle. Je ne savais pas que la boue te rendrait aveugle. Mais de toute façon, tu n'aurais pas dû frapper Marshall. Et puis, tu as menacé de me frapper, moi aussi.

— Ne crois pas que je ne l'aurais pas fait, simplement parce que tu es une fille, répliqua Chad.

— La boue m'a aussi rendue malade, dit Tamaya. Ma main et mon bras sont couverts de cloques et peut-être ma figure, je n'en sais rien. Cette boue est très dangereuse.

À plusieurs reprises, Chad respira profondément en ayant du mal à trouver son souffle.

— Est-ce que quelqu'un d'autre me cherche ? demanda-t-il. Est-ce qu'ils se sont même aperçus que j'avais disparu ?

— Toute l'école est au courant. Tout le monde pense que tu es parti avec un gang de motards ou quelque chose comme ça.

Il émit un bruit qui aurait pu passer pour un rire.

Tamaya regarda le sandwich tombé à terre, entre eux deux. Elle aurait voulu le ramasser, mais elle craignait de s'approcher trop près de Chad.

— Pendant tout le temps que j'ai passé ici, dit-il, je n'ai pas arrêté de penser : « Personne n'est au courant, tout le monde s'en fiche. » Sans arrêt, sans arrêt dans ma tête. « Personne n'est au courant, tout le monde s'en fiche. »

— Tes parents savent forcément, fit remarquer Tamaya.

— Peut-être.

— Ils ont bien vu que tu n'étais pas là pour dîner. Ou que tu n'es pas allé te coucher.

— Ouais, c'est vrai, dit Chad. Sans doute quand ils sont venus me border et me lire une histoire pour m'endormir.

Il émit à nouveau ce rire distordu qui dégénéra très vite en une toux rauque. Tamaya eut peur qu'il ne vomisse. La toux s'interrompit et Chad respira précipitamment, en une suite de brefs halètements.

— Qu'est-ce que tu as d'autre là-dedans ? demanda-t-il en levant le sac.

— Mon sandwich est tombé par terre, lui répondit-elle. Je vais le ramasser pour te le donner si tu promets de ne pas recommencer à m'attaquer.

Il demeura silencieux.

Elle s'approcha de lui avec prudence, sans le quitter du regard. Le sandwich avait été coupé en diagonale pour former deux moitiés égales. Elle se pencha, ramassa rapidement une moitié, puis l'autre.

Chad resta où il était.

Tamaya fit de son mieux pour enlever la terre du sandwich.

— Bon, maintenant, je vais te le donner. Tu n'as pas besoin de sauter dessus.

Quand elle lui tendit une moitié du sandwich, il leva le bras et lui attrapa brutalement le poignet.

Elle ne laissa pas échapper le moindre cri.

Il lui arracha la moitié de sandwich en lui tordant le bras.

— Pourquoi tu es si méchant ? demanda-t-elle.

Il prit une première bouchée, puis une autre sans avoir fini la première. Pendant qu'il mâchait ainsi, Tamaya vit qu'il avait du mal à avaler.

— Désolée, je n'ai plus rien à boire, dit-elle. Il y a des tranches de fruits, dans le sac.

Il fouilla à l'intérieur et dénicha la boîte en plastique qui contenait les fruits. Avec une grimace, il avala ce qu'il avait encore dans la bouche.

— Ça ?

Elle le regarda tripoter maladroitement le couvercle.

— Tu vas tout renverser ! l'avertit Tamaya.

Elle avança d'un pas et lui prit la boîte des mains. Il la laissa faire.

Elle ôta le couvercle et lui rendit la boîte.

— Il y a des pommes et des poires.

Il mangea une tranche de fruit dont il savoura le jus. Il mordit à nouveau dans le sandwich, se contentant cette fois d'une bouchée plus petite. Puis il reprit une autre tranche de fruit.

— La confiture du sandwich est maison, dit Tamaya, remplissant le silence. Avec des vraies fraises. Elle a moins de sucre que celles qu'on trouve dans le commerce. C'est ma mère qui la fait.

Elle ne savait pas pourquoi elle lui racontait cela. Elle se sentait stupide.

— Très bonne, ta confiture, dit Chad, à la grande surprise de Tamaya.

Lorsqu'il eut fini sa moitié de sandwich, elle lui donna l'autre.

— Est-ce que tu vois quand même un peu ? demanda-t-elle.

— Seulement quand je suis très près, par exemple juste avant de me cogner contre un obstacle. Je vois qu'il y a quelque chose et *bam*!

Il émit le même bruit semblable à un rire.

Il mangea une petite bouchée de sandwich, suivie d'une tranche de poire.

— Tu as dû avoir très froid, dit Tamaya. Tu as pu dormir?

— Tu te prends pour ma mère?

— Désolée de m'inquiéter pour toi, répliqua-t-elle.

— Je parie que tu dînes en famille tous les soirs, non?

C'était plus une accusation qu'une question. Elle répondit quand même.

— Seulement ma mère et moi. Quand elle ne travaille pas trop tard. Mes parents sont divorcés. Je n'ai ni frère ni sœur. Mon père habite Philadelphie.

— Est-ce qu'elle te lit aussi des histoires pour t'endormir? demanda-t-il.

Une autre accusation.

— Parfois, on se fait la lecture à tour de rôle. Elle aime bien se tenir au courant de ce que j'apprends à l'école.

Elle s'attendait à ce qu'il dise quelque chose, pour se moquer d'elle, mais il garda le silence.

Il mangea la dernière tranche de fruit, puis lécha

le fond de la boîte pour ne pas perdre la moindre goutte de liquide.

Il la laissa prendre le sac vide. Elle ramassa les boîtes en plastique et les quelques déchets qui restaient puis les remit dans le sac. Elle n'abandonnait jamais de détritus derrière elle.

— Personne n'est au courant, tout le monde s'en fiche, marmonna Chad.

$$2 \times 4\,194\,304 = 8\,388\,608$$
$$2 \times 8\,388\,608 = 16\,777\,216$$

27

MERCREDI 3 NOVEMBRE
14H41

Marshall donna un coup de bâton contre un arbre, puis contre un autre, s'avançant dans les bois sans but précis. Il cassa le bâton en deux et jeta les deux moitiés dans des directions opposées.

Il ne savait pas pourquoi il avait fait cela. Il ne savait plus pourquoi il faisait les choses.

Il ne savait pas pourquoi il n'avait pas dit la vérité à Mme Thaxton. Il ne savait pas pourquoi il était sorti subrepticement de l'école. Il ne savait pas pourquoi il était retourné dans les bois.

Ce n'était sûrement pas pour y chercher Tamaya. Si elle tenait tant à retrouver Chad, c'était son problème !

Il avait surtout eu besoin de s'échapper. Échapper à Mme Thaxton. Échapper aux professeurs. Échapper à tout le monde. S'il avait pu échapper à lui-même, il l'aurait fait aussi.

Plus rien n'avait de sens. Tamaya aurait dû être contente que Chad ne soit plus à l'école. Et Mme Thaxton se comportait comme si Chad était une sorte de star parmi ses élèves. «Quelqu'un a-t-il vu Chad, hier ? Lui avez-vous parlé ? Qu'a-t-il dit ? Où allait-il ? »

«Il allait me casser la figure, songea Marshall en donnant un coup de pied dans des feuilles mortes. C'est là qu'il allait ! »

Qu'aurait-il dû faire ? Retrouver Chad sur Richmond Road pour qu'il puisse le massacrer ? C'est ça qui aurait rendu tout le monde heureux ?

Il donna un coup de pied dans une pierre, puis courut derrière, la ramassa et la jeta aussi loin qu'il le put.

— Chad s'en est pris à Marshall toute l'année, avait fait remarquer Andy. Et sans aucune raison.

Ils le savaient tous – Andy, Laura, Cody, tout le monde. Alors pourquoi personne ne faisait rien ? Pourquoi ne l'avaient-ils pas soutenu ? Pourquoi avaient-ils laissé Chad lui rendre la vie impossible jour après jour après jour ?

Mais la vraie question n'était pas là et il le savait. La vraie question était celle-ci : pourquoi ne s'était-il pas soutenu lui-même ?

Et à cette question-là aussi, il connaissait la réponse. C'était parce qu'il était un dégonflé, comme Chad l'avait dit. « Un petit morveux dégonflé ! »

Si Laura pensait que Chad était méchant, que pensait-elle de Marshall ? *Rien*. Il n'était qu'un insecte sur lequel Chad marchait.

Il songea à la façon dont Tamaya l'avait toujours admiré, comme si elle voyait en lui un héros. « Drôle de héros. » Quand on y regardait de plus près, c'était elle qui l'avait protégé. Elle avait écrasé une poignée de boue sur la figure de Chad. Et maintenant, elle était partie à sa recherche parce que Marshall avait eu trop peur de dire la vérité à Mme Thaxton.

Il se demanda si Tamaya pouvait avoir raison au sujet de cette boue. Cela lui semblait impossible. Quelqu'un aurait mis un écriteau ou quelque chose pour prévenir. Elle avait simplement dû toucher une plante vénéneuse un peu bizarre.

Il s'arrêta. Juste devant lui, un animal était accroupi sur un tronc mort, prêt à bondir.

Sans le quitter des yeux, il se pencha lentement et ramassa une pierre.

Le soleil qui brillait à travers les feuillages projetait sur la créature un entrelacement d'ombre et de lumière qui ne permettait pas de déterminer exactement de quelle bête il pouvait bien s'agir. Peut-être un raton laveur ou alors un blaireau, pensa-t-il, bien qu'il ne fût pas certain de savoir à quoi ressemblait précisément un blaireau. L'animal semblait grogner.

Quel qu'il fût, sa présence dehors en plein jour laissait craindre qu'il ait la rage.

Marshall fit rouler la pierre dans sa main.

— Hé! cria-t-il.

L'animal resta immobile.

Marshall lui lança la pierre en espérant l'effrayer et le faire fuir. Elle rebondit sur le tronc d'arbre sans que la créature ne bouge.

Il ramassa une autre pierre et s'approcha de quelques pas.

— Va-t'en! cria-t-il, puis il s'avança encore.

Après tout, peut-être que l'animal ne grognait pas. Marshall fit courageusement un autre pas en avant.

Peut-être était-il mort.

Il s'approcha encore plus près.

Peut-être n'était-ce pas un animal mais un sweater imbibé de boue.

Il faillit éclater de rire. «Maintenant, j'ai même peur d'un sweater!»

Sous la couche de boue, il distinguait une couleur

bordeaux et les mots partiellement effacés : « Vertu » et « Valeur ».

Il comprit à qui appartenait le vêtement.

De l'autre côté du tronc s'étendait une mare de boue sombre couverte d'une écume mousseuse. Il vit une basket pleine de boue et une chaussette blanche roulée, également maculée de boue.

Ce fut la chaussette qui déclencha tout.

Quelque chose le bouleversa au fond de son être. Son sentiment de honte, l'apitoiement dans lequel il se complaisait, la haine qu'il éprouvait pour lui-même s'évanouirent. Il ne pensa plus du tout à lui.

— Cette fois, c'est vraiment grave, dit-il à haute voix.

28

MERCREDI 3 NOVEMBRE
14H55

Tamaya tenait l'extrémité d'un grand bâton. Chad, cramponné à l'autre bout, la suivait d'un pas traînant.

— Je me baisse pour éviter une branche, annonça-t-elle avant de s'accroupir plus bas qu'il ne lui était nécessaire, mais elle devait s'assurer que Chad parviendrait à passer.

Le bâton était long d'environ deux mètres, légèrement courbé en son milieu, et Chad tenait entre ses mains son extrémité la plus épaisse. Tamaya en avait arraché la plupart des brindilles, mais il restait encore quelques protubérances. Elle tenait le sac en tissu autour du bâton pour éviter que celui-ci ne frotte contre ses cloques.

Il lui faudrait, d'une manière ou d'une autre, faire traverser la ravine à Chad. Elle songea à la contourner, mais peut-être alors ne retrouverait-elle plus jamais le chemin de l'école. Sa meilleure chance serait de revenir exactement sur ses pas.

— Je suis comme ça, dit Chad, je ne sais pas pourquoi. Tout ce que je sais, c'est que je suis comme ça.

Tamaya n'avait aucune idée de ce dont il parlait.

— Tu es *comment* ?

— Tu m'as demandé pourquoi j'étais si méchant. Je dis simplement : ne crois pas que je ne le sais pas.

Tamaya ne se serait jamais attendue à ce qu'il réponde à cette question.

— Si tu sais que tu es méchant, répliqua-t-elle, pourquoi ne pas cesser de l'être ?

— Je n'en sais rien.

— Pour l'instant, tu n'es pas méchant avec moi.

— Je pourrais l'être. Je pourrais t'arracher le bâton des mains et te frapper avec, même si je n'arrive pas à te voir. Tu te mettrais sans doute à crier et je saurais où tu es. Plus tu crierais, plus je te frapperais.

— Je ne crierais pas, je m'enfuirais en silence.

— J'arriverais quand même à te donner quelques coups de bâton.

— Sans doute, admit Tamaya.

Elle avait conscience de l'étrangeté de cette conversation, mais Chad ne semblait pas en colère et elle n'avait pas peur.

— Dans ce cas, tu te retrouverais tout seul ici et tu serais de nouveau perdu.

— Je sais. Ça n'aurait pas de sens. Mais c'est le genre d'idiotie que je fais.

Tamaya repensa à ce qu'il avait dit auparavant, quand il croyait que personne, chez lui, n'avait remarqué son absence.

— Tu as des frères et sœurs ? demanda-t-elle.

— Deux sœurs et un frère.

— Alors, ils ont bien dû voir que tu n'étais pas là.

— Ils sont parfaits, dit-il, sans répondre à sa question. Ils ont des bonnes notes et jamais d'ennuis avec les profs. Il n'y a que moi qui suis vraiment mauvais.

Tamaya aurait voulu lui répondre que ce n'était pas vrai, mais il était difficile de trouver quelque chose de positif à lui dire.

— Personne n'est entièrement mauvais, déclara-t-elle enfin. Les autres t'aiment bien, à Woodridge.

— Simplement parce que je suis différent. Je ne suis pas aussi intelligent que vous tous. La plupart du temps, je ne comprends pas ce que les gens disent. J'ai l'impression qu'ils parlent une langue étrangère. Si je vais dans votre école, c'est seulement pour m'éviter la prison. Et ça coûte très cher à mes parents. Il n'y a que ça qui les intéresse. Combien d'argent je leur coûte.

Tamaya se demanda s'il irait vraiment en prison ou si c'était encore une de ses exagérations, comme l'ermite et les loups.

— Parfois, je reviens très tard chez moi, dit-il. Personne ne s'en aperçoit. Ou alors, tout le monde s'en fiche.

— Où tu vas quand tu ne rentres pas? interrogea Tamaya.

— Ici, dans les bois. Je grimpe aussi haut que je peux et je regarde le monde. J'apporte des morceaux de bois et je les cloue dans les arbres pour faire des marches. Je monte encore un peu plus haut puis je cloue deux autres planches, je grimpe encore, je cloue d'autres planches. Je veux toujours aller plus haut.

Parler de l'escalade des arbres semblait donner de l'énergie à Chad. C'était encourageant. Il aurait besoin de toutes ses forces pour parvenir à traverser la ravine.

— Je le connais, ton arbre! réalisa soudain Tamaya. C'est un de mes repères pour retrouver le chemin de l'école. Suivre la branche blanche puis tourner à hauteur de l'arbre sur lequel des planches sont clouées.

— C'est comme ça que je vous ai vus, toi et Marshall, dit Chad. De là-haut.

Il en parlait comme s'il y avait lieu d'en être fier, malgré tout ce qui s'était passé.

Tamaya se demanda si c'était aussi du haut de son arbre qu'il avait vu l'ermite fou. Peut-être était-ce comme ça qu'il avait fait un trou dans sa jambe de pantalon : non pas à cause d'une morsure de loup, comme il l'avait dit, mais en grimpant aux arbres.

Pendant qu'elle pensait à tout cela, elle avait momentanément relâché son attention et se retrouva soudain devant une flaque de boue d'écume qui s'étendait à ses pieds.

— Stop ! s'exclama-t-elle.

Chad fit un pas de plus.

Le bâton poussa Tamaya en avant. Elle dut s'écarter sur le côté pour éviter la boue et tomba dans un épais fourré.

— Qu'est-ce qui s'est passé ? Ça va ? Qu'est-ce qu'il y a ?

Des brindilles éraflèrent le visage et les jambes de Tamaya.

— Ne bouge pas ! répondit-elle. La boue est juste devant toi. Ne bouge surtout pas.

Ses cheveux s'étaient pris dans des ronces et elle les démêla précautionneusement en s'extrayant du fourré, sans lâcher son extrémité du bâton.

— Bon, dit-elle, il va falloir que tu essaies de

contourner la flaque de ce côté, mais il n'y a pas beaucoup de place.

Elle le guida entre le fourré et la boue, surveillant chacun de ses pas tandis que des branchages lui écorchaient les jambes.

— Reste aussi près que possible des buissons. Tu devras marcher en crabe.

Chad contourna la boue sans encombre et ils continuèrent de descendre vers le fond de la ravine. De nouvelles égratignures sillonnaient les bras et les jambes de Tamaya, mais l'état de Chad était bien pire, ce n'était donc pas le moment de se plaindre.

— La prochaine fois que je te dirai « stop ! », tu t'arrêtes.

— Désolé.

— Tu as failli me pousser dans la boue.

— Désolé, répéta-t-il.

La pente s'accentua. Tamaya prévint Chad qu'il y avait une ravine au-dessous. Elle savait qu'il était suffisamment grand et fort pour faire le saut. La difficulté serait de l'amener à un endroit qui offre un bon tremplin, puis de s'assurer qu'il sauterait dans la direction voulue.

— Je peux y arriver, assura-t-il.

Lorsque le sol devint plus escarpé, Tamaya dut se retourner et marcher à reculons. C'était comme descendre une échelle. Des deux mains, elle s'accrochait fermement au bâton.

— Quoi que tu fasses, ne lâche surtout pas le bâton, dit-elle.

— Je ne le lâcherai pas.

Elle guidait chacun des pas de Chad.

— Il y a une pierre juste un peu plus bas devant toi. Attention... Attention...

Elle regarda le pied de Chad se poser au bon endroit pendant qu'elle-même poursuivait son chemin en reculant.

— Bon. Maintenant, ne bouge plus.

Elle tourna la tête pour regarder derrière. La ravine semblait plus large que dans son souvenir et la boue plus profonde. Juste au-dessous d'elle, un rocher pointait hors de terre, dépassant du fond. C'était, semblait-il, le meilleur endroit d'où sauter.

— J'y vais la première, ensuite, ce sera à toi, lui dit-elle.

— D'accord.

— Je vais lâcher le bâton, maintenant.

— D'accord.

Elle compta dans sa tête. « Un... deux... »

À trois, elle lâcha le bâton, mais elle garda à la main son sac en tissu. Son pied glissa. Elle parvint cependant à maintenir son équilibre en tournant sur elle-même et en se laissant tomber brutalement des deux pieds sur le rocher.

Le rocher céda aussitôt sous son poids.

Tamaya bascula. Ses genoux heurtèrent violemment la surface de la pente. Elle ferma les yeux juste au moment où elle faisait un saut périlleux qui la précipita dans la boue.

Ses pieds atterrirent au fond de la ravine et elle se força à sortir la tête à l'air libre. Les yeux fermés, elle sentait la tiédeur de la boue collée à son visage et à ses paupières. Elle essaya de bouger, mais c'était impossible.

— Tu as réussi ? lança Chad.

— Non ! hurla-t-elle. Je suis coincée !

Elle sentait sous ses dents et contre ses gencives quelque chose de granuleux qui avait le goût de dissolvant pour vernis à ongles. Elle essaya de le recracher.

— Aide-moi ! cria-t-elle, avant de cracher à nouveau.

— Je ne sais pas comment ! Qu'est-ce que tu veux que je fasse ?

— Sors-moi de là !

Pendant un instant, Chad ne réagit pas. Puis Tamaya l'entendit, plus près d'elle.

— Essaie d'attraper le bâton ! s'exclama-t-il.

Elle tendit les bras, mais il n'y avait rien à attraper.
— Où ? Où il est ?
Le bâton craqua contre sa tempe.

$$2 \times 16\,777\,216 = 33\,554\,432$$
$$2 \times 33\,554\,432 = 67\,108\,864$$

29

MERCREDI 3 NOVEMBRE
15 H 33

Tamaya était immobilisée dans un fossé, elle appelait au secours et Chad la frappait avec un bâton. C'était ainsi que les choses apparaissaient à Marshall, vues du flanc de la colline.

– Hé! Laisse-la tranquille! cria-t-il, mais ils étaient trop loin pour l'entendre.

Il se précipita au pied de la colline, se raccrochant à des branches pour ralentir son élan.

Chad continuait de brandir le bâton comme un sauvage.

– Laisse-la tranquille! répéta Marshall.

Ils ne l'entendaient toujours pas.

Lorsqu'il arriva à hauteur de la pente presque verticale, Marshall enfonça le bord de ses baskets dans la terre et se laissa glisser d'un côté et de l'autre, à la manière d'un skieur, en direction de la ravine.

— Chad ! cria-t-il.

Chad s'arrêta en plein mouvement.

— Si tu veux te battre avec quelqu'un, bats-toi avec moi ! le défia Marshall.

— Marshall ! hurla Tamaya. Sauve-moi !

— Lâche ce bâton ! ordonna-t-il.

Il poursuivit sa descente à petits pas.

Chad continuait de brandir le bâton.

— J'essaie de l'aider.

— Je t'ai dit de la laisser tranquille !

— Cette boue est vraiment dangereuse, Marshall ! lui cria Tamaya. Chad est aveugle. Il essaie de me passer le bâton.

Marshall vit enfin pour la première fois le visage boursouflé, couvert de cloques, tel un masque grotesque, de Chad. « Aveugle ? » Il dut retourner ses pensées dans tous les sens pour tenter de comprendre ce qu'il se passait.

— Je suis presque arrivé, répondit-il. Mais arrête de remuer ce bâton n'importe comment !

Il se laissa glisser pour parcourir les derniers mètres qui le séparaient du bord de la ravine, puis il tenta d'attraper Tamaya.

— Je suis là, dit-il. Tends-moi la main.

Elle était trop loin.

— Ne mets surtout pas de boue sur toi, le prévint-elle.

Mais Marshall ne se souciait pas de lui. Quand il tendit le bras vers elle, son pied dérapa au flanc de la ravine et s'enfonça dans la boue. Elle lui arrivait bien au-dessus du genou lorsque l'extrémité de ses doigts toucha enfin ceux de Tamaya. Elle avait le visage couvert de fange. Ses paupières étaient étroitement closes.

— Penche-toi vers moi, lui lança-t-il précipitamment en s'approchant un tout petit peu plus.

Elle s'inclina vers lui.

Il lui saisit la main.

— Ça y est !

Il tira de toutes ses forces, mais elle ne bougea pas.

— Essaie de faire un pas en avant, dit-il d'une voix fébrile.

— J'essaie ! hurla-t-elle.

C'était sans espoir. Marshall regarda Chad, qui restait debout, immobile, de l'autre côté de la ravine.

— Chad, on a besoin de toi.

— Je ne peux rien faire, répondit-il.

— Tu dois essayer, insista Marshall.

Chad se risqua à avancer d'un pas, puis s'arrêta.

— Je ne peux rien faire, répéta-t-il.

Marshall lâcha Tamaya. Il dut déployer tous les efforts dont il était capable, simplement pour arracher sa propre jambe à la boue. Il s'avança ensuite le long de la ravine, s'éloignant de Tamaya jusqu'à ce qu'il soit en sécurité.

— Saute en direction de ma voix, dit-il à Chad. Saute de toutes tes forces, aussi loin que tu peux.

— Je n'y arriverai pas.

— Fais ce que je te dis, espèce de petit morveux dégonflé !

— Hé ! s'écria Chad.

Puis il bondit vers Marshall.

Celui-ci l'attrapa par les bras au moment où il atterrissait, pour l'empêcher de tomber en arrière dans la ravine.

— Allez, viens, lui dit-il avec force.

Il guida Chad pour le ramener auprès de Tamaya et tous deux redescendirent dans la boue.

Tamaya tendit les bras.

Marshall lui saisit une main et Chad parvint à trouver l'autre.

Ils tirèrent.

Elle ne bougeait toujours pas.

— Continue à tirer ! s'écria Marshall.

Un grognement sortit de quelque part, dans les

profondeurs du corps de Chad, et Tamaya bougea enfin, se rapprochant un tout petit peu.

Ils continuèrent de tirer. Chad émit un nouveau grognement et Tamaya parvint à faire un petit pas en avant. Puis un autre.

— Tiens-moi par l'épaule, lui dit Marshall.

Lorsqu'elle se fut accrochée à lui, il la prit par la taille et la tira vers le haut, parvenant à l'arracher à la boue.

$$2 \times 67\,108\,864 = 134\,217\,728$$
$$2 \times 134\,217\,728 = 268\,435\,456$$

30

MERCREDI 3 NOVEMBRE
15 H 55

Marshall ôta son sweater et s'en servit pour enlever la boue des paupières de Tamaya. Chad et lui avaient réussi à la hisser au flanc de la colline, là où le sol était moins escarpé. Chad, à présent, était assis la tête basse, respirant bruyamment, le souffle irrégulier.

Tamaya sentait derrière l'étoffe soyeuse du sweater la pression des doigts de Marshall qui essuyait délicatement chacune de ses paupières.

— Voilà, lui murmura-t-il.

Elle avait peur d'ouvrir les yeux.

— Je vais te ramener à la maison, quoi qu'il arrive, promit Marshall.

Elle écouta un moment la respiration rauque de Chad, puis laissa ses yeux s'ouvrir.

L'image de Marshall lui apparut floue au début, mais c'était peut-être parce qu'elle avait gardé les paupières si étroitement closes pendant si longtemps. Elle cligna des yeux. Marshall était pâle et paraissait inquiet.

— J'arrive à te voir, lui dit-elle.

Il lui adressa un faible sourire.

Elle lui prit le sweater des mains et acheva d'essuyer la boue qui couvrait encore son visage, son cou et ses bras. Elle savait que cela ne suffirait pas à neutraliser ce qu'il y avait dans cette boue, mais elle se consolait en se disant qu'elle serait bientôt chez elle. Elle pourrait prendre un bain, se laver les cheveux et aller voir le Dr Sanchez.

— Tiens, prends ça aussi, dit Marshall.

Il enleva sa chemise qui se retourna comme un gant quand il la fit passer par-dessus sa tête.

— Non, protesta Tamaya, tu vas avoir froid.

— Je suis très bien comme ça.

Elle prit la chemise et nettoya l'intérieur de sa bouche. Elle se frotta les dents et les gencives, puis entoura sa langue de tissu et l'essuya dans un mouvement de torsion.

Elle dégagea la boue de ses oreilles et de son nez,

enfonçant un morceau d'étoffe dans chaque narine à l'aide de son petit doigt.

— Voilà. Merci, dit-elle, mais Marshall leva les mains.

Elle laissa tomber la chemise.

Chad grogna pendant que Marshall l'aidait à se relever.

— Ça va ? demanda-t-elle.

— Jamais senti mieux, répliqua-t-il d'une voix gutturale.

Elle espérait qu'il aurait la force de parcourir le chemin du retour. Il commençait déjà à faire sombre.

Marshall guida Chad vers le haut de la colline en le tenant par le bras. Tamaya marchait de l'autre côté de Marshall.

— Tu es un type bien, Marshall, dit Chad. Désolé d'avoir...

Sa voix se perdit et Tamaya eut peur qu'il ne s'évanouisse, mais il sembla retrouver ses forces.

— Tu veux savoir pourquoi je te détestais ?

— Je le sais déjà, répliqua-t-il. Tu as cru que je te traitais de menteur.

— Tu m'as traité de menteur ? Quand ça ?

Le pied nu de Tamaya se posa sur une brindille pointue, mais elle étouffa la douleur. L'important, c'était de continuer.

Marshall rappela à Chad le jour où il s'était vanté d'être entré à moto dans le bureau d'un directeur d'école.

— Je t'ai dit: «Pas possible!» mais c'était dans le sens: «Wouao, ça c'est cool». Ça ne voulait pas dire que je te prenais pour un menteur.

— Ouais, je le savais, répondit Chad. Mais j'avais décidé de te pourrir la vie. D'ailleurs, c'est *vrai* que je *mentais*. Je ne suis même jamais monté sur une moto.

Marshall hocha la tête en laissant échapper un petit rire.

Tamaya comprenait que c'était une histoire entre Marshall et Chad et qu'elle aurait dû rester en dehors, mais elle ne pouvait s'empêcher de s'en mêler.

— Alors, pourquoi tu le détestes? s'exclama-t-elle. Il ne t'a jamais rien fait!

Chad prit une profonde inspiration, puis Tamaya l'entendit prononcer un mot qui ressemblait à «lasagne».

— Quoi? demanda Marshall.

— Ton anniversaire, c'est le 29 septembre, répondit Chad.

— Comment tu le sais?

— Et ce jour-là, ta mère te fait ton plat préféré pour le dîner.

— Des lasagnes, dit Tamaya.

C'était donc bien le mot qu'il avait prononcé.

— Je t'ai entendu en parler à l'école.

— Et alors ? s'étonna Marshall.

— Alors, tu connais la date de mon anniversaire ? interrogea Chad.

Marshall l'ignorait.

— Le 29 septembre, dit Chad.

Tamaya avait du mal à comprendre où il voulait en venir.

— C'est pour ça que tu détestes Marshall ? demanda-t-elle. Parce que votre anniversaire tombe le même jour ?

— Personne ne me fait de lasagnes, répondit Chad. Personne ne me fait rien du tout. Tu sais ce qu'a dit mon père ? « Pourquoi on devrait fêter le jour où tu es né ? »

— C'est dégueulasse, s'indigna Marshall.

— Ce n'est toujours pas une raison pour détester Marshall ! insista Tamaya.

— Je ne dis pas le contraire, admit Chad. J'essaie simplement d'expliquer, c'est tout. Je pense que je vous devais bien ça.

Tamaya s'efforçait de comprendre la logique de Chad lorsque son pied heurta quelque chose de dur. Cette fois, elle ne put étouffer la douleur. Elle poussa un cri et tomba sur le sol recouvert de feuilles mortes.

Marshall et Chad étaient restés debout au-dessus d'elle.

– Tu t'es fait mal ?

Tamaya ressentait des élancements dans son pied. Elle espérait ne s'être rien cassé.

– Aïe, aïe, aïe ! dit-elle en grimaçant.

Elle respira profondément à deux reprises et la douleur diminua un peu.

– Il fait tellement sombre que je n'arrive plus à voir où je mets les pieds !

– Qu'est-ce que tu racontes ? s'étonna Marshall. Il y a un beau soleil. On est en pleine lumière.

Tamaya ferma les yeux. Quand elle les rouvrit, un instant plus tard, le monde était plongé dans une obscurité totale.

$$2 \times 268\,435\,456 = 536\,870\,912$$
$$2 \times 536\,870\,912 = 1\,073\,741\,824$$

31

MERCREDI 3 NOVEMBRE
SOIREE

Marshall avançait entre Tamaya et Chad, les guidant chacun par un bras. Il n'avait plus qu'une chaussure, après avoir donné l'autre à Tamaya. Elle était beaucoup trop grande, mais c'était un soulagement d'avoir le pied protégé, même s'il flottait un peu à chaque pas.

De près, elle parvenait encore à distinguer des formes floues, comme l'avait décrit Chad, mais seulement si elles étaient juste devant son nez. Elle avait perdu toute notion du temps et n'avait aucune idée de la distance parcourue ni de celle qui restait à couvrir.

— Tu sais où aller ? demanda-t-elle à Marshall.

– Je crois, oui.

– Cherche un arbre blanc avec une branche qui pointe tout droit. Elle indique le chemin du retour.

– Il y a beaucoup d'arbres blancs.

– Et aussi un très grand arbre avec des planches clouées dessus, lui dit-elle. L'arbre de Chad. C'est comme ça qu'il nous a vus, hier.

– Je n'ai pas qu'un seul arbre, rectifia Chad. Quand je grimpe sur l'un d'eux, j'en vois un autre qui me paraît plus haut, alors j'y grimpe aussi. Je veux toujours essayer de trouver l'arbre le plus haut.

– Ça, c'est cool, dit Marshall.

– Tu crois vraiment ? Je pensais que vous alliez trouver ça stupide. Comme si j'étais un petit môme.

– Oh non, un petit môme aurait beaucoup trop peur pour faire ça, dit Marshall.

– Moi, j'aurais trop peur ! approuva Tamaya.

– Toi ? Pas possible ! dit Chad. Tu n'as peur de rien. Je vous emmènerai tous les deux un de ces jours. Il y a des planches tout en haut où on peut s'asseoir.

Cette fois encore, Tamaya percevait dans la voix de Chad une énergie nouvelle quand il parlait de son arbre.

– On peut voir à des kilomètres.

« À des kilomètres ? » C'était amusant à imaginer

si on considérait que leur champ de vision, à Chad et à elle, ne dépassait pas quelques *centimètres*.

Marshall s'arrêta soudain. Tamaya le sentit resserrer l'étreinte de son bras.

Chad avait dû le sentir aussi.

— Qu'est-ce qu'il y a ? demanda-t-il.

— Chut..., murmura Marshall. J'entends quelque chose.

Tamaya écouta. On aurait dit un bruissement de feuilles mortes et de terre qu'on remuait. Quelque chose bougeait, un animal ou peut-être plusieurs animaux.

— Chad, murmura Tamaya, quand tu étais là-haut dans ton arbre, tu as vraiment vu cet ermite fou avec ses loups noirs ?

— J'ai vu un type avec une barbe, mais pas de loups.

Le bruit s'intensifia. Il y avait très certainement plus d'un animal. Un chien aboya. Il se dirigeait vers eux. D'autres aboiements retentirent, ils étaient plusieurs chiens.

L'un d'eux aboya juste devant Tamaya. Elle eut un mouvement de recul, mais Marshall dit :

— Il ne te fera rien. Peut-être même qu'ils sont venus nous chercher.

À distance, elle entendit une voix d'homme qui criait :

— Ils sont partis par là !

Elle se pencha et tendit la main à tâtons, rencontrant sous ses doigts une fourrure douce et tiède. Une langue humide lui lécha le visage.

— Ne fais pas ça, dit-elle.

Elle ne voulait pas que le chien attrape son urticaire.

— Ils sont là ! lança quelqu'un et, un instant plus tard, Tamaya entendit de nombreuses voix parler en même temps.

— Vous êtes blessés ?

— Comment êtes-vous arrivés ici ?

— Quelqu'un vous a fait du mal ?

— Ils sont aveugles tous les deux, répondit Marshall. Il y a quelque chose de dangereux dans cette boue, là-bas.

Tamaya entendit quelqu'un qui semblait parler au téléphone :

— On les a retrouvés. Tous les trois. Deux garçons et une fille. Il nous faudra une ambulance. Non, ils disent qu'ils n'ont pas été enlevés, mais on va continuer à chercher.

Tamaya sentit une main se poser sur son épaule.

— Vous n'avez plus rien à craindre, assura une voix d'homme. Je vais te porter jusqu'à l'école et ensuite, on vous conduira tous à l'hôpital.

— Attention, je suis pleine de boue, prévint-elle.

L'homme eut un petit rire.

— Un peu de boue n'a jamais fait de mal à personne, répliqua-t-il.

Elle sentit ses bras l'entourer puis la soulever.

Tamaya avait trop froid, elle était trop fatiguée et elle avait trop mal pour essayer de s'expliquer. De toute façon, il était trop tard, à présent. Elle se laissa submerger par la chaleur du manteau de laine que l'homme portait. Il découvrirait bien assez tôt les effets de la boue. Tout le monde les découvrirait.

Tandis qu'il la portait à travers bois, elle lui demanda les noms des chiens.

— Celle que tu caressais s'appelle Missy, un diminutif pour Miss Marple. Il y a aussi Nero, Sherlock et Rockford, tous des noms de détectives célèbres.

— Parce qu'ils sont très bons pour retrouver les gens ?

— Ce sont les meilleurs.

— J'aime beaucoup les chiens, dit Tamaya.

32

Tortues

Extrait des témoignages recueillis devant la Commission d'enquête sur la catastrophe de Heath Cliff, trois mois après que Tamaya eut été secourue :

> **Sénateur Wright :** Avez-vous pu déterminer si ces organismes étaient en fait les mêmes que les ergonymes utilisés dans la Biolène ?
>
> **Dr June Lee (chercheuse scientifique, Institut national de la santé) :** L'ADN est presque identique, mais pas exactement. Nous pensons qu'il existe une souche mutante des ergonymes de la Biolène.
>
> **Sénateur Foote :** Mais n'y a-t-il pas des millions de types

de micro-organismes différents qui vivent sur cette planète ?

D<small>R</small> J<small>UNE</small> L<small>EE</small> : Si, en effet.

S<small>ÉNATEUR</small> F<small>OOTE</small> : Et la plupart d'entre eux n'ont jamais été étudiés.

D<small>R</small> J<small>UNE</small> L<small>EE</small> : C'est vrai. Les chercheurs n'ont identifié que cinq pour cent environ de tous les microbes présents dans notre biosphère.

S<small>ÉNATEUR</small> F<small>OOTE</small> : Dans ce cas, ne serait-il pas possible que les organismes découverts dans la boue d'écume aient pu évoluer naturellement à partir de l'un de ces microbes inconnus ?

D<small>R</small> J<small>UNE</small> L<small>EE</small> : Non, c'est hautement improbable.

S<small>ÉNATEUR</small> F<small>OOTE</small> : Mais pas impossible ?

D<small>R</small> J<small>UNE</small> L<small>EE</small> : Hautement improbable. S'ils avaient évolué naturellement, ils se seraient presque certainement adaptés au climat froid.

S<small>ÉNATEUR</small> F<small>OOTE</small> : Quelle a été la cause de la mutation ? Comment s'est-elle produite ?

D<small>R</small> J<small>UNE</small> L<small>EE</small> : Je ne saurais le dire. Chaque fois qu'une cellule se divise, il existe une très faible possibilité de mutation. Mais lorsque des milliards et des milliards de divisions ont lieu sans cesse, il y a forcément des mutations. C'est inévitable.

S<small>ÉNATEUR</small> F<small>OOTE</small> : Comment cet ergonyme supposé mutant a-t-il pu se transporter de la Ferme SunRay aux bois de Heath Cliff ?

Dr June Lee : Là encore, nous n'en savons rien. Un insecte, un oiseau, un courant aérien – n'importe quoi aurait pu l'amener.

Sénateur Wright : Même si tout ce que vous dites est vrai, docteur Lee, la question importante est celle-ci : l'ergonyme d'origine est-il dangereux ? Je parle de celui qu'on utilise actuellement dans la Biolène, pas de la version mutante. Est-il dangereux pour l'homme ou pour l'environnement ?

Dr June Lee : Non, puisque l'ergonyme d'origine ne peut survivre au contact de l'oxygène, il ne présente pas de danger. Mais comme je l'ai indiqué, des mutations se produiront. Quant à savoir ce que seront ces mutations, il m'est impossible de le dire. Mais il y en aura d'autres, c'est une certitude.

Sénateur Wright : Merci, docteur, pour votre témoignage et pour votre travail à l'Institut national de la santé. Le pays vous est très reconnaissant, à vous et à l'administration que vous dirigez, d'avoir pu trouver un remède à cette horrible maladie.

Dr June Lee : Merci, mais en fait, c'est le Dr Crumbly, un vétérinaire local, qui a découvert le remède. Nous, à l'institut, aidons à procéder aux tests et à la production de masse, mais c'est le Dr Crumbly qui mérite vos remerciements.

Sénateur Haltings : Pardonnez-moi, vous avez bien dit que le Dr Crumbly est vétérinaire ?

Dr June Lee : Les animaux ont souffert autant que les

humains. Sans le Dr Crumbly, j'imagine qu'à l'avenir, la planète aurait été dirigée par des tortues.

33

Frankengermes

L'homme qui avait secouru Tamaya ne tarda pas à découvrir les effets de la boue. Le monde entier les découvrit.

Quelques heures après que les trois enfants eurent été sauvés, tous ceux qui avaient participé aux recherches commencèrent à présenter les symptômes de l'urticaire : rougeurs, petits boutons, sensation de picotement. Le lendemain matin, nombre de ces boutons s'étaient transformés en cloques et ceux qui en étaient atteints se réveillaient en trouvant sur leurs draps une poudre mystérieuse de la couleur de leur peau. Ils ne tardaient pas à s'apercevoir que cette poudre était constituée de leur propre épiderme ou de ce qu'il en restait une fois que les ergonymes mutants en avaient mangé les «bonnes parties».

Une semaine après qu'on eut retrouvé Tamaya, Chad et Marshall dans les bois, plus de cinq cents cas d'urticaire se déclarèrent dans la ville de Heath Cliff. Deux semaines plus tard, leur nombre était passé à mille cinq cents.

De nombreux malades ne cherchaient pas de traitement jusqu'à ce qu'il soit trop tard. L'une des caractéristiques les plus insidieuses de cet urticaire était qu'il ne causait aucune douleur, juste une légère sensation de picotement. Normalement, les cellules nerveuses envoient un message de douleur au cerveau, mais ces micro-organismes dévoraient la partie de la cellule qui transmet le message. C'était comme une ligne téléphonique qu'on aurait coupée. Les cellules nerveuses criaient: «Au secours! Alerte! Danger!» mais le cerveau ne recevait jamais l'appel.

À peu près au moment où Tamaya, Marshall et Chad étaient emmenés en ambulance, les sauveteurs découvrirent le corps sans vie de quelqu'un qui habitait dans les bois, un homme avec une très longue barbe.

Les trois enfants égarés furent transportés d'urgence à l'hôpital régional de Heath Cliff. On préleva sur les cheveux et les vêtements de Tamaya des échantillons de boue qu'on envoya au Centre de prévention et de contrôle des maladies, à Atlanta, et à l'Institut national de la santé de Bethesda, dans le Maryland. Des photos de sa main et de son bras, ainsi que du visage de Chad, furent également expédiées par mail à ces institutions.

Les médecins de l'hôpital menèrent des recherches dans les livres médicaux et sur Internet, mais ne purent trouver mention d'un urticaire de cette nature. Il n'existait pas de remède connu. La meilleure chose qu'ils pouvaient faire pour Tamaya, c'était de la maintenir dans un état d'extrême propreté.

On la lavait très soigneusement. Ses cheveux furent coupés, puis sa tête rasée. Pendant les semaines qui suivirent, on lui donna des bains vingt-quatre heures sur vingt-quatre en lui passant une éponge sur tout le corps. Toutes les deux heures, le matin, à midi et le soir, une infirmière la frictionnait à l'alcool. Après chaque bain, elle devait se rincer la bouche avec une préparation spéciale. Le produit la piquait et avait un goût infect, mais il fallait le garder en bouche pendant une minute avant d'avoir le droit de le cracher. Cela ne la dérangeait pas le moins du monde, malgré son goût puissant.

Sa mère puis, plus tard, son père vinrent lui rendre visite, sans avoir le droit de la toucher. Elle leur disait qu'elle était désolée, mais ils ne cessaient de lui répéter à quel point ils étaient fiers d'elle.

Par la suite, lorsque l'épidémie se répandit dans tout Heath Cliff, le droit de visite à l'hôpital fut supprimé, même pour ses parents. Mais elle pouvait toujours leur parler grâce au portable que son père lui avait donné.

Sa vue ne se détériora pas davantage. Si elle tenait sa main devant son visage, elle voyait que c'était sa main, mais c'était peut-être parce qu'elle le savait déjà. Son médecin essaya de lui faire reconnaître d'autres objets et formes diverses. Elle put identifier sans erreur un cercle, un carré, un triangle, mais lorsqu'il lui montra une chaussure de femme à talon haut, elle crut qu'il s'agissait d'une banane.

Elle demandait souvent des nouvelles de Marshall et de Chad. Elle apprit que Marshall allait bien, mais elle ne fut pas autorisée à le voir.

Chad, en revanche, était dans un état très grave. Ce fut tout ce qu'elle put savoir de lui. On lui expliqua que s'il était arrivé à l'hôpital ne serait-ce que vingt minutes plus tard, il n'aurait sans doute pas survécu.

Tamaya ne se plaignait jamais. Parfois, quand elle avait peur, elle se répétait les dix vertus qu'on lui avait fait apprendre par cœur à l'école Woodridge : « Charité. Propreté. Courage. Empathie. Grâce. Humilité. Intégrité. Patience. Prudence. Tempérance. » Elle avait tendance à penser que si sa conduite était irréprochable, l'urticaire disparaîtrait et qu'elle pourrait voir à nouveau. Mais au fond d'elle-même, elle se préparait également au pire. Si sa santé ne s'améliorait pas, elle voulait au moins affronter le monde avec courage, patience et grâce.

Elle apprit à reconnaître ses différentes infirmières, non seulement à leur voix, mais aux sons qu'elles produisaient lorsqu'elles entraient dans sa chambre pour lui donner un nouveau bain avec une éponge. Tout le monde ne cessait de lui répéter que les meilleurs chercheurs du pays travaillaient à découvrir un remède.

Autour d'elle, les gens étaient calmes et rassurants. Ce fut seulement quand elle parla à Monica qu'elle prit conscience de l'état de terreur qui avait saisi le reste du monde.

— La boue d'écume est partout ! lui dit Monica. L'école est fermée. Pas seulement Woodridge. Toutes les écoles. Personne ne sort. Je ne devrais même pas te parler, parce que ma mère a peur que les frankengermes passent par le téléphone !

Tout le monde l'appelait « la boue d'écume », l'expression que Tamaya avait utilisée en arrivant à l'hôpital. Même les chercheurs qu'on voyait dans toute la ville de Heath Cliff revêtus de leurs combinaisons antiradiation la désignaient ainsi. Le Dr Humbard, un ancien employé de la Ferme SunRay apparaissait dans tous les programmes d'information des chaînes câblées, ce qui expliquait sans doute pourquoi on appelait désormais les organismes mutants des *frankengermes*.

Les hôpitaux manquaient de place et les écoles se transformaient en centres de traitement de l'urticaire. Des lits de camp étaient installés dans les salles de classe et les cafétérias. Entre les lits, on tendait des draps pour préserver l'intimité des patients à qui des bains étaient donnés vingt-quatre heures sur vingt-quatre par des infirmières dévouées, également protégées par des combinaisons antiradiation.

Le président ordonna que Heath Cliff et la zone environnante soient mises en quarantaine. Personne n'était autorisé à en sortir, qu'il manifeste ou non des symptômes de la maladie. On ferma les aéroports et les gares ferroviaires. Des patrouilles de la Garde nationale de Pennsylvanie surveillaient les routes et les grands axes.

MARDI 23 NOVEMBRE

Miss Marple était étendue au fond d'une caisse, dans le cabinet du Dr Robert Crumbly. Le vétérinaire se tenait devant la caisse, une seringue hypodermique à la main. Il était content que la malheureuse chienne soit endormie. Elle ne souffrait pas quand elle dormait.

Mélange de berger australien, de chow-chow et de Dieu-sait-quoi, Miss Marple avait d'habitude un poil gris, épais, avec des taches blanches, noires et marron. Mais elle avait perdu la plus grande partie de son pelage et sa peau nue était couverte de cloques. Elle était devenue sourde et aveugle.

Dans son rêve, Missy courait à travers bois, tous ses sens en alerte, à la recherche des enfants perdus. Des feuilles mortes s'envolaient autour d'elle quand elle se précipitait vers eux. Elle aboyait, triomphante et joyeuse, et léchait le visage de la fille égarée.

Aux oreilles du Dr Crumbly, les aboiements triomphants de son rêve n'étaient que des gémissements pathétiques. Il ouvrit sa caisse avec précaution pour ne pas la réveiller.

Il travaillait seul, à présent. Deux de ses assistants vétérinaires avaient été contaminés par l'urticaire et il avait ordonné aux autres de rester chez eux. Il portait des gants et des bottes, mais pas de combinaison antiradiation. Il ne voulait pas effrayer les animaux.

Miss Marple sentit sa présence. Sa queue battit faiblement contre le fond de la caisse.

– Alors, ma fille, dit le Dr Crumbly.

Il la caressa en regrettant d'être obligé de porter des gants. Il pensait que la chienne, c'était bien le moins, méritait de sentir le contact chaleureux d'une main humaine.

Il prépara la seringue.

Les animaux souffraient encore plus de l'urticaire que les humains, car ils ne prenaient pas de bain. Il n'y avait pas que les chiens et les chats. Le Dr Crumbly avait vu une grande variété d'animaux infectés, y compris des hamsters, des lapins, un furet et une mouffette du nom de Pénélope.

Malheureusement, il n'avait rien pu faire d'autre pour eux que de mettre un terme à leurs souffrances. Au cours des deux dernières semaines, il avait euthanasié plus de vingt animaux de compagnie.

Il existait un animal, cependant, chez qui la boue d'écume n'avait entraîné aucun effet. Le Dr Crumbly possédait une tortue terrestre qui s'appelait Maurice. Maurice s'était enlisé dans une flaque de boue d'écume, à l'arrière de la maison, et le Dr Crumbly avait dû le dégager à l'aide d'une pelle. Trois jours plus tard, la tortue ne montrait toujours aucun signe d'urticaire.

L'œil rivé au microscope, dans le laboratoire de son petit bureau, le Dr Crumbly avait comparé des prélèvements de la peau de Maurice avec d'autres provenant d'animaux infectés. Il avait découvert dans les cellules de la peau de tortue une enzyme qui n'apparaissait dans aucune des cellules issues d'autres animaux.

Miss Marple tourna la tête vers lui.

— Tu es une bonne chienne, dit le Dr Crumbly.

Il lui enfonça l'aiguille dans la cuisse droite en lui injectant une concentration d'enzymes de tortue.

35

LUNDI 6 DECEMBRE

Tamaya avait été le premier cas humain à être étudié. Ses parents s'étaient entretenus avec les médecins chargés de l'expérimentation et ces derniers les avaient avertis que si le traitement avait marché sur des animaux, ce n'était pas la garantie qu'il serait aussi efficace sur des humains. Mais de toute façon, quel autre choix avaient-ils ?

Tamaya s'efforçait de ne pas nourrir d'espoirs démesurés, bien qu'elle fût très contente d'apprendre que Miss Marple s'était complètement rétablie. Elle aimait beaucoup cette chienne.

Elle recevait chaque jour deux injections d'enzymes de tortue. Divers médecins et infirmières venaient constamment dans sa chambre d'hôpital pour l'examiner. À chaque fois, ils lui demandaient son nom, ce qui, à la longue, commença à l'agacer. Elle savait bien qu'il y avait beaucoup d'autres patients et que les médecins étaient très occupés, mais elle faisait l'objet d'une expérimentation très importante. *Ils pouvaient au moins se souvenir de son nom !*

Elle en parla à Ronda, son infirmière préférée, qui se contenta d'éclater de rire.

— Ils connaissent ton nom, bien sûr, répondit-elle. C'est simplement pour tester ta mémoire. En temps normal, les êtres humains n'ont pas ce genre d'enzymes dans le corps et les médecins craignent d'éventuels effets secondaires.

— Peut-être qu'il va me pousser une carapace, comme une tortue, plaisanta Tamaya.

Ronda rit à nouveau.

— Ce serait joli, dit-elle, et pratique.

— Chaque fois que je serais fatiguée, je pourrais me réfugier dans ma coquille et dormir, imagina Tamaya.

Les autres infirmières autour d'elle essayaient de se montrer positives et enjouées, mais Tamaya sentait bien qu'elles se forçaient. Elle ne leur en voulait pas. Elle se rendait compte à quel point elle devait être horrible à voir, sans cheveux et la peau couverte de cloques. Ronda, elle, n'avait pas besoin de se forcer. Elle parlait et plaisantait avec Tamaya comme si elle avait été parfaitement normale.

En plus de son nom, ses médecins lui demandaient son adresse et son numéro de téléphone. Ils lui demandaient aussi qui était George Washington et lui faisaient faire du calcul mental : cinq fois sept, vingt-six divisé par deux.

Ils auscultaient son cœur et ses poumons. Ils prenaient sa température, vérifiaient sa tension. Elle devait marcher en cercle et toucher ses orteils.

Elle fit des progrès dans l'identification des divers objets que son médecin tenait devant ses yeux. Mais cela ne signifiait pas nécessairement que le traitement donnait des résultats. Après des semaines de pratique, son cerveau avait peut-être simplement appris à déchiffrer des images brouillées. Par ailleurs, elle ne remarquait presque plus la sensation de picotement mais, là encore, ce pouvait être parce que son cerveau s'était habitué à la neutraliser.

— Il a fallu combien de temps à Miss Marple pour se sentir mieux ? demanda-t-elle à l'un des médecins.

— Les êtres humains et les chiens sont différents, répliqua-t-il sans répondre à la question.

Elle voulut avoir des nouvelles de Chad, mais il lui fut répondu qu'il avait été transféré dans une autre partie de l'hôpital. Elle s'inquiéta, ne sachant pas ce que cela signifiait.

Son rythme de sommeil était étrange, elle ne dormait jamais très longtemps. On la réveillait sans cesse et, quand ce n'était pas pour le bain, c'était pour une piqûre ou des examens complémentaires.

Un soir, ou peut-être était-ce au cours de la journée, elle fit un rêve très bizarre. Il y avait un homme dans sa chambre. Il n'avait pas l'air d'un médecin, mais elle ne savait pas qui c'était. Il disait s'appeler Fitzy.

– C'est un drôle de nom.

– Je suis un drôle de personnage, dit-il en éclatant de rire.

Chaque fois qu'il parlait, sa voix provenait d'un endroit différent de la pièce. Peut-être ne cessait-il de bouger, mais Tamaya avait plutôt l'impression que c'était une sorte d'esprit qui flottait dans l'air.

– Tu veux quelque chose? demanda-t-il.

– Non, merci.

– Tu es sûre? Quand je dis quelque chose, ça signifie vraiment *tout* ce que tu veux! Je suis sur le point de devenir très riche. Peut-être même l'homme le plus riche du monde.

Il y eut soudain un bruit d'objets qui tombaient par terre.

– Qu'est-ce que c'est?

— Rien, dit l'homme.

On aurait dit qu'il était sur le sol, à présent.

— J'ai renversé un bocal rempli de ces petits bâtonnets en bois qu'on met sur la langue pour dire «Ah».

— J'ai l'impression que vous êtes en train de les remettre dans le bocal.

— Je ne veux pas faire de désordre.

— Vous devriez plutôt les jeter, lui conseilla Tamaya. S'ils sont tombés par terre, il vaut mieux ne pas les mettre dans la bouche de quelqu'un.

— C'est vrai, approuva-t-il.

Elle entendit qu'il les jetait à la poubelle.

— Alors, qu'est-ce que je peux t'offrir ?

Sa voix était toute proche à présent.

— Rien, merci.

— Moi non plus, je ne veux rien, dit-il.

Son ton était triste.

— On pourrait penser que quelqu'un qui a beaucoup d'argent aurait envie de s'acheter quelque chose, non ?

— Oui.

— Eh bien, pas moi.

Sa voix était distante, à présent.

— Moi, ce que j'aime, c'est comprendre comment les choses fonctionnent. J'aime la science. Et toi, tu aimes la science ?

— Oui, ça va.

— C'est quoi, ta matière préférée ?

— La lecture, sans doute, répondit-elle. J'aime écrire aussi. Je crois que j'aurais envie de devenir écrivain un jour.

— Très bien. Tu pourras toujours faire ça, non ? Je veux dire, même privée de la vue ? Tu peux dicter à un ordinateur et il écrira à ta place.

— Je ne sais pas. Je n'écris pas comme je parle.

— Je vois ce que tu veux dire. Moi, je ne pense pas comme je parle. Mon cerveau est rempli de toutes ces idées, mais parfois, je ne reconnais même pas les mots qui sortent de ma bouche.

— Je comprends très bien ça, dit Tamaya.

— Tant mieux. Tu es sûre que je ne peux rien t'acheter ? Un piano ? Une horloge de grand-mère ?

— Je veux simplement aller mieux.

— Moi aussi. Je veux que tout le monde aille mieux. Je veux aider les gens et pas déclencher une épidémie mondiale.

Sa voix était très triste. Tamaya aurait bien voulu avoir quelque chose à lui demander.

— Oh, je sais ! se rappela-t-elle brusquement. J'ai besoin d'un nouveau sweater pour mon uniforme d'école.

Elle se réveilla un peu plus tard, alors que Ronda lui donnait son bain en la frottant avec une éponge. Elle repensa à son rêve et éclata de rire.

— Qu'est-ce qu'il y a de si drôle ? s'étonna l'infirmière.

— Rien. *Une horloge de grand-mère ? Un piano ?*

Le bain lui procurait une agréable sensation.

Souvent, elle ne savait pas si ses yeux étaient ouverts ou fermés. C'était une chose à laquelle elle devait penser. À présent, elle les avait ouverts.

Le monde était plein de lumière et de couleurs. Ronda avait des cheveux roux et des yeux sombres. Les murs étaient jaunes.

Tamaya se mit à trembler.

— Qu'est-ce qu'il y a ? s'inquiéta Ronda.

Tout paraissait encore flou, mais c'était un flou bien éclairé.

— Tamaya, ça va ? insista l'infirmière.

Elle craignait d'être encore en plein rêve. Elle répondit avec hésitation, en ayant presque peur que, si elle parlait, le monde replongerait dans l'obscurité.

— Ronda, je vous vois, dit-elle.

Et comme le monde ne disparaissait pas, elle trembla encore plus.

— Je vois.

Ronda se mit à trembler à son tour. Elle serra Tamaya très fort contre elle, ce qui était contraire aux règles.

— Il faut que tu appelles ta mère ! s'exclama-t-elle. Je vais chercher le médecin. Vas-y, appelle ta mère !

Elle étreignit à nouveau Tamaya, puis elle prit le portable sur la table de chevet et le lui donna.

— Quelle heure est-il ? demanda Tamaya. Vous êtes sûre qu'il n'est pas trop tard ?

— L'heure n'a aucune importance, répondit Ronda. Appelle-la tout de suite !

À quatre heures moins le quart du matin, la mère de Tamaya fut réveillée en sursaut par la sonnerie du téléphone. Une véritable terreur l'envahit aussitôt. Il lui fallut tout son courage pour répondre, se préparant au pire.

— Oui ?

— Hé, maman, tu sais quoi ?

36

Neige

Deux jours plus tard, les premières neiges tombèrent. Tamaya n'arrivait pas encore à voir les flocons un par un, mais elle distinguait des traînées grises et blanches qui zigzaguaient devant la fenêtre de sa chambre.

C'était beau. Le monde entier lui paraissait beau, même la gelée vert vif qu'on lui avait servie avec son déjeuner, et dans laquelle étaient suspendus comme par magie des filaments de chou râpé.

Ronda l'emmena dans le patio extérieur, à côté de la cafétéria. Coiffée d'un bonnet de ski sur ses cheveux coupés ras, elle s'allongea sur le sol de ciment et attrapa des flocons de neige avec sa langue.

Il neigea quatre jours de suite. Tamaya apprit que Marshall avait commencé à recevoir les injections du Dr Crumbly et que son état s'améliorait considérablement. Personne ne semblait savoir ce qui était arrivé à Chad et elle avait peur de poser trop de questions, peur de ce qu'elle pourrait apprendre.

Son médecin lui donna de grosses lunettes à monture noire, trop grandes pour son visage. En le voyant distinctement pour la première fois, elle faillit s'évanouir. Avec ses yeux marron au regard doux et ses cheveux bouclés, il était encore plus mignon que M. Franks.

— Quand il me regarde, je suis complètement déboussolée et je n'arrive plus à parler, dit-elle à Monica au téléphone. C'est une bonne chose que je n'aie pas vu plus tôt à quoi il ressemblait. Tout le monde aurait pensé que j'avais d'horribles effets secondaires. J'aurais sans doute oublié mon propre nom !

Monica éclata de rire.

— Toi, en tout cas, on dirait que tu n'as plus tellement peur, fit remarquer Tamaya.

— Je m'en rends compte. Je crois que c'est à cause de toute cette neige. Je sais bien que la boue est toujours là, en dessous, mais on se sent beaucoup plus en sécurité. Et je suis tellement contente que vous alliez mieux, presque tous !

Tamaya entendit la voix de sa meilleure amie se briser. Elle semblait pleurer. Tamaya se mit à pleurer aussi. Puis toutes deux éclatèrent de rire en s'apercevant qu'elles pleuraient. Elles restèrent encore un moment au téléphone, pleurant et riant à la fois.

Un jour, à la fin du mois de décembre, le médecin de Tamaya vint lui prendre le pouls pendant qu'elle regardait la télévision.

Un écran de TV était accroché au plafond, dans un coin de sa chambre. Au contact de la main du médecin, elle sentit le rythme de son cœur s'accélérer. Elle espérait que cela ne fausserait pas ses observations.

Son émission de télévision fut interrompue par un flash spécial en direct de Heath Cliff, Pennsylvanie. Le médecin lui lâcha le poignet et prit la télécommande. Il augmenta le volume du son.

À l'arrière de l'école Woodridge, près de la lisière des bois, un homme était entouré de reporters. Le bandeau, en bas de l'écran, le désignait comme le Dr Peter Smythe, directeur adjoint du Centre de prévention et de contrôle des maladies. Cela lui faisait une drôle d'impression de voir à la télévision quelque chose qui se passait dans son école. La neige tombait devant la fenêtre de sa chambre et elle la voyait également tomber sur l'homme présent à l'écran. Tamaya trouvait qu'il ressemblait davantage à un bûcheron qu'à un médecin. Il avait une barbe épaisse, hirsute, et tenait une pelle.

Il creusa la neige avec sa pelle, puis enfonça sa main nue dans le trou et en retira une grosse poignée d'une substance noire et gluante.

— Voici de la boue d'écume, dit-il.

Des cristaux de givre s'étaient collés à sa barbe et Tamaya voyait la condensation de son souffle quand il parlait.

— J'ai dans ma main plus d'un milliard de ce qu'on appelle communément les frankengermes.

En le voyant tenir cette boue comme elle-même l'avait fait, Tamaya se sentit à nouveau parcourue de picotements.

— Et je suis heureux de vous annoncer qu'ils sont tous morts, jusqu'au dernier, poursuivit l'homme. Cet organisme ne peut survivre à des températures inférieures à zéro.

Tamaya et son médecin échangèrent un regard. *Était-il possible que ce soit vrai ?*

Plusieurs reporters applaudirent et Tamaya entendit des cris de joie retentir dans d'autres chambres de l'hôpital.

— Peut-on dire que c'est la fin de l'épidémie ? demanda un journaliste.

Avant même que le Dr Smythe ait pu répondre, le bandeau en bas de l'écran proclamait déjà : FIN DE L'ÉPIDÉMIE ! LES FRANKENGERMES SONT TOUS MORTS !

Tamaya se demanda comment ils pouvaient en être sûrs. Peut-être que les frankengermes ne faisaient qu'hiberner, comme les ours.

— Comment peut-on savoir s'ils ne vont pas simplement rester en état de sommeil pendant l'hiver ? demanda une journaliste, qui semblait presque relayer les pensées de Tamaya. Comment pouvez-vous être sûr qu'ils ne vont pas se réveiller lorsque la température remontera ?

— Nous les avons étudiés en laboratoire. Je les ai personnellement observés au microscope et j'ai vu leurs membranes désintégrées. Je peux vous l'assurer, ils ne se *réveilleront pas.*

Mais Tamaya se demandait quand même comment il pouvait être certain qu'ils étaient *tous* morts. Peut-être quelque part, sous cette neige, y en avait-il un qui était encore vivant.

— Bien entendu, le CPCM continuera de surveiller la situation, poursuivit le Dr Smythe. Bien que ce soit hautement improbable, il est possible qu'une autre mutation se soit produite. Il se peut que, quelque part, un ergonyme mutant soit capable de survivre à une température inférieure à zéro. Nous en saurons plus lorsque la neige aura fondu.

2 X 1 = 2

37

JEUDI 30 DECEMBRE

La quarantaine était levée.

Sous la direction de l'Institut national de la santé, le remède du Dr Crumbly fut produit à grande échelle. On l'appliqua avec succès à plus de soixante mille personnes et animaux affectés de l'urticaire à cloques de Dhilwaddi – le nom désormais officiel de cette pathologie. Les livres de médecine furent mis à jour avec des photos de la peau de Tamaya Dhilwaddi avant et après traitement.

Deux semaines après avoir été libérés, Tamaya et Marshall revinrent à l'hôpital, comme visiteurs cette fois. Tamaya avait apporté des pots de confiture de fraise maison, cadeaux de Noël tardifs pour ses médecins et ses infirmières. Marshall tenait à la main une barquette en plastique.

Tamaya portait toujours des lunettes, mais Monica lui en avait offert des nouvelles pour Noël, avec une monture vert néon semi-transparente. Monica lui assura, en français, qu'elles étaient *très chic*.

Les cheveux de Tamaya avaient commencé à repousser. Elle cachait sous une casquette rose ce qu'elle appelait sa tête d'écume. Sa main et son bras étaient marqués par des cicatrices dont son médecin disait qu'elles allaient s'effacer. Il y avait un petit trou dans la peau de son visage, mais son amie Summer affirmait qu'il la rendait encore plus belle.

– Pour être parfaite, une femme a besoin d'une imperfection, lui avait-elle dit.

Une remarque qui semblait à Tamaya totalement contradictoire, mais c'était quand même agréable à entendre.

Lorsque Tamaya lui eut donné la confiture de fraise, Ronda lui annonça qu'elle avait également quelque chose pour elle.

Elle lui tendit une boîte plate. Tamaya l'ouvrit et y découvrit un nouveau sweater pour son uniforme de l'école.

– Comment avez-vous deviné ?

Elle ne se rappelait pas avoir jamais parlé du sweater à Ronda.

— Vous n'auriez pas dû. C'est beaucoup trop cher.

— Ça ne vient pas de moi, expliqua Ronda. La boîte est arrivée ici hier, avec ton nom dessus. Je me demandais comment te la faire suivre.

Tamaya trouva une petite carte sur laquelle était écrit : « Pour une jeune fille de grande vertu et de grande valeur. » Et c'était signé : « Ton ami Fitzy. »

— C'est qui, Fitzy ? interrogea Marshall qui lisait par-dessus son épaule.

— Je crois que j'ai rêvé de lui, répondit Tamaya, déconcertée. Heureusement que je n'ai pas demandé un piano.

— Quoi ? dit Marshall.

Chad Hilligas était l'un des rares patients atteints d'urticaire encore à l'hôpital. La peau de son visage était tellement abîmée qu'on l'avait placé dans un service habituellement réservé aux grands brûlés.

La porte s'ouvrit lorsque Tamaya frappa.

— Hello ! dit-elle en entrant.

Marshall n'était plus avec elle.

Chad était assis dans son lit, vêtu d'un pyjama à rayures vertes. Un rayon de soleil qui traversait une fenêtre formait une colonne de lumière dans laquelle tournoyaient des particules de poussière et projetait une vive clarté sur son visage lourdement marqué de cicatrices. Il portait une paire de lunettes à monture noire fournies par l'hôpital.

Tamaya fut contente de voir les lunettes. S'il avait été aveugle, elles n'auraient eu aucune utilité.

— Tamaya ! dit-il.

Elle avait peur qu'il recommence à la détester à cause de ce qu'elle lui avait fait, mais il semblait heureux qu'elle soit venue.

— Salut, Chad.

Elle posa la boîte qui contenait son sweater, puis enfonça les mains dans les poches arrière de son jean.

— Comment tu vas ?

— Je ne dois pas trop remuer la bouche, répondit-il en gardant les traits figés pendant qu'il parlait. Ils ont prélevé de la peau sur une autre partie de mon corps pour me la coller sur la figure.

— Oh, dit Tamaya. Mais tu as toujours la même tête, lui assura-t-elle.

— Tu peux m'appeler Face de Cul, répondit-il.

Elle fut choquée.

— Tu veux dire qu'ils ont...

Elle se couvrit la bouche d'une main.

— Au moins, tu trouves ça drôle, au lieu de te mettre en colère, remarqua-t-elle.

— Rien ne me met en colère, répliqua-t-il. C'est bizarre. Depuis que je peux voir de nouveau, le monde me paraît bien meilleur qu'avant.

— Je comprends ce que tu veux dire, approuva Tamaya. Tout semble beau.

— J'espère que ça ne s'arrêtera jamais, dit Chad.

— Moi aussi.

Elle ne savait pas très bien si ce qu'espérait Chad, c'était que le monde ne s'arrête jamais ou bien qu'il n'arrête jamais de paraître beau. Dans l'un et l'autre cas, elle était d'accord avec lui.

La porte s'ouvrit un peu plus sous la poussée de Marshall qui entra dans la chambre à reculons. Il se tourna, portant entre ses mains un plateau chargé de trois assiettes remplies de lasagnes.

— Les infirmières m'ont permis d'utiliser le micro-ondes.

— Joyeux anniversaire ! s'exclama Tamaya.

Chad resta silencieux. Il contempla les assiettes, puis son regard passa de Marshall à Tamaya avant de se poser à nouveau sur Marshall.

— Il ne doit pas parler, expliqua Tamaya.

Elle murmura précipitamment à l'oreille de Marshall :

— On lui a greffé la peau des fesses sur la figure.

Chad rejeta ses couvertures et se laissa lentement

glisser du lit. Il s'avança vers Marshall qui posa le plateau et recula d'un air inquiet.

Peut-être était-ce à force de parler de frankengermes, mais avec son visage figé et couturé de cicatrices, et ses bras tendus en avant, Tamaya trouvait que Chad ressemblait un peu au monstre de Frankenstein.

Marshall recula jusqu'au mur. Chad le saisit alors par les épaules et le serra contre lui.

– Merci, dit-il.

Marshall se dégagea.

– C'était l'idée de Tamaya.

La gaucherie de Marshall la fit éclater de rire. Elle se demanda pourquoi les garçons se montraient toujours si bizarres dans les gestes d'affection, mais son cœur s'arrêta soudain de battre lorsque les yeux de Chad se fixèrent sur elle. Il ouvrit grands les bras et prononça les mêmes mots qu'il lui avait lancés un jour :

– La prochaine fois, c'est ton tour, Tamaya.

38

Courage, humilité et grâce

Le témoignage qui suit est extrait des auditions menées par la Commission d'enquête sénatoriale sur la catastrophe de Heath Cliff :

> **Sénateur Haltings :** Quand vous êtes retournée dans les bois pour chercher Chad, y avait-il encore plus de boue qu'avant ?
>
> **Tamaya Dhilwaddi :** Oui, il y en avait à peu près partout où je regardais ! Mais peut-être que c'était la même chose dès le premier jour. À ce moment-là, je n'avais pas eu l'idée d'y faire attention.
>
> **Sénateur Wright :** S'il vous plaît, parlez bien dans le micro, Tamaya. Nous avons du mal à vous entendre.

Tamaya Dhilwaddi : Pardon. Je disais que la première fois où je suis allée dans les bois, je ne savais rien de la boue d'écume, donc, je n'essayais pas d'en trouver. Tout ce que je voulais, c'était sortir de là.

Sénateur Haltings : Parce qu'il était interdit d'aller dans les bois ?

Tamaya Dhilwaddi : Mais je n'avais pas le droit non plus de rentrer seule à la maison.

Sénateur Haltings : Un choix de Hobson.

Tamaya Dhilwaddi : Je ne sais pas ce que c'est.

Sénateur Haltings : Un choix de Hobson, c'est quand on doit choisir entre deux options qui sont aussi mauvaises l'une que l'autre.

Tamaya Dhilwaddi : Oui, elles étaient mauvaises toutes les deux.

Sénateur Wright : Eh bien, Tamaya, je me fais le porte-parole de cette commission pour vous dire que nous sommes très heureux que vous ayez choisi de suivre Marshall dans les bois. Vous avez peut-être sauvé la planète, à vous deux.

Tamaya Dhilwaddi : Mais tout le monde a attrapé de l'urticaire à cause de moi.

Sénateur Wright : Non. D'après ce que les scientifiques nous ont dit, ce serait arrivé de toute façon. Avec peut-être un décalage d'une semaine ou deux. Et à ce moment-là, il aurait été trop tard pour enrayer l'épidémie.

Sénateur Haltings : La quarantaine n'aurait pas été mise en place. Quelqu'un aurait pu marcher dans de la boue d'écume et prendre un avion pour Los Angeles, Paris ou Hong Kong. Nous risquions alors une épidémie à l'échelle mondiale et dans des endroits où la température ne tombe jamais au-dessous de zéro.

Sénateur Wright : Grâce à vous, Marshall et Chad, le pays a été averti à temps.

Sénateur Haltings : Vous êtes une jeune fille très courageuse, Tamaya.

Tamaya Dhilwaddi : Je n'ai pas été courageuse. J'avais peur. C'est Marshall qui a été courageux.

Sénateur Foote : Alors, quel effet ça vous fait qu'on ait donné votre nom à une maladie ?

Tamaya Dhilwaddi : C'est un grand honneur... J'imagine ?

Épilogue

Pendant des centaines de milliers d'années, les hommes avaient vécu dans un monde sans Biolène. Il n'y avait pas d'essence, pas de centrales nucléaires et pas de lumière électrique. L'eau était propre et, la nuit, des millions d'étoiles étincelaient dans le ciel.

On comptait aussi moins d'habitants dans le monde.

Il y a mille ans, on estime qu'un total de trois cents millions d'êtres humains vivaient sur la Terre. La population mondiale n'atteignit le niveau du milliard qu'au début des années 1800. Mais dans les années 1950, ce nombre avait plus que doublé. En 1951, plus de deux milliards et demi d'êtres humains habitaient la planète.

Dans les années 1990, la population mondiale avait à nouveau doublé. Et en 2011, il fut établi que plus de sept milliards d'entre nous mangeaient, buvaient, conduisaient des voitures, utilisaient des toilettes, jour après jour après jour.

$$2 \times 7\,000\,000\,000 = 14\,000\,000\,000$$
$$2 \times 14\,000\,000\,000 =$$

C'est pourquoi, même après la catastrophe de Heath Cliff, la Commission sénatoriale de l'énergie et de l'environnement décida à l'unanimité de soutenir la poursuite de la production de Biolène. La commission se trouva devant un choix de Hobson : ou bien risquer une catastrophe mondiale ou bien renoncer à une source d'énergie propre et d'un coût abordable. Les sénateurs conclurent que le risque de catastrophe était extrêmement réduit.

Tout au moins l'espéraient-ils.

Jonathan Fitzman assura à la commission que de nouvelles mesures de sécurité seraient appliquées, notamment le prélèvement quotidien d'échantillons dans les réservoirs de stockage pour rechercher d'éventuels ergonymes tolérants à l'oxygène. Si l'on découvrait ne serait-ce qu'un seul ergie de ce type, tous les « petits bonshommes » contenus dans le réservoir seraient détruits.

Bientôt, les routes seraient sillonnées par des voitures et des camions roulant à la Biolène. La Ferme SunRay établirait d'autres centres de production dans le Michigan, l'Idaho et le Nouveau-Mexique – des sites choisis soit pour leurs hivers rigoureux, soit pour leur manque de végétation. Les chercheurs avaient en effet déterminé que si les frankengermes avaient pu se développer à ce point, c'était grâce à tous les éléments organiques qui se trouvaient dans les bois. Les ergies étaient particulièrement friands de feuilles d'arbre fraîchement tombées.

Une semaine après son retour de Washington, DC, Tamaya ressentait encore l'excitation de ce qu'elle avait vécu là-bas. Tout le monde lui disait à quel point elle avait été brillante, louant sa maturité et son assurance. Monica ne cessait de lui rappeler qu'elle était désormais célèbre.

Il était un peu effrayant de retourner dans les bois. Effrayant aussi de monter dans l'arbre de Chad, surtout avec de grosses bottes d'hiver et des gants épais. Chad devant, Marshall juste derrière, tous deux lui avaient promis qu'ils veilleraient à ce qu'elle ne tombe pas. Elle n'osait pas regarder en bas.

L'escalade, le froid, sa crainte des hauteurs rendaient sa respiration haletante, mais elle éprouva aussi un sentiment d'exaltation lorsqu'elle atteignit la plate-forme en planches que Chad avait clouée en haut de l'arbre.

— C'est pas beau, ça ? dit Chad, rayonnant.

— Fabuleux, approuva Marshall.

Tamaya se cramponna à l'arbre en regardant les bois gelés par l'hiver. Le monde était si beau. Elle espérait simplement qu'il le serait encore... après que la neige aurait fondu.

Tamaya Dhilwaddi
Chambre 308
Hôpital régional de Heath Cliff
9 décembre
Devoir reporté

Comment gonfler un ballon rouge

1. Commencez avec un ballon rouge à plat. (Rouge ou autre, la couleur n'a pas d'importance.) Il s'agit de le remplir d'air que vous soufflerez avec vos poumons.
2. Cherchez l'extrémité qui comporte une protubérance. Si vous y enfoncez le doigt, celui-ci se trouvera à l'intérieur du ballon. Mais ne vous coincez pas le doigt dedans !
3. Mettez maintenant cette protubérance dans votre bouche. Vos lèvres devront l'entourer étroitement afin que, lorsque vous soufflerez, tout l'air entre à l'intérieur du ballon sans se disperser autour.
4. À présent, tenez la protubérance entre le pouce et l'index. Votre prise doit être suffisamment lâche

pour permettre à l'air d'entrer,
mais suffisamment ferme pour
maintenir le ballon en place.
5. Maintenant, soufflez.
6. Répétez l'étape 5 jusqu'à ce que le
ballon soit rempli d'air.
7. Entre les moments où vous
soufflerez, vous devrez reprendre
votre respiration. N'oubliez pas,
à chaque fois, de bien serrer la
protubérance afin que l'air ne puisse
s'échapper.
8. Bien. Maintenant, vous devrez nouer
le ballon pour le maintenir gonflé.
C'est la partie la plus difficile ! Serrez
bien la protubérance entre le pouce
et l'index pour éviter toute fuite d'air.
Un petit morceau de votre ballon
va dépasser d'entre vos doigts, tirez
dessus, enroulez-le une fois autour
de votre index, puis faites un nœud
en glissant l'extrémité entre votre
doigt et la partie que vous avez
enroulée autour.
9. Enlevez votre doigt. Et voilà !

LOUIS SACHAR

Louis Sachar est né en 1954 aux États-Unis, dans l'État de New York. Il a passé la majeure partie de sa vie en Californie. Pendant ses études, il a travaillé dans l'enseignement, une expérience qui a nourri l'imaginaire de ses récits. Tout en poursuivant des études de droit, il commence à écrire des histoires pour enfants. Il exerce durant huit ans le métier d'avocat le jour et celui d'écrivain pour la jeunesse la nuit. Lorsque ses livres commencent à remporter un vif succès, il choisit de se vouer entièrement à l'écriture.

C'est avec *Le Passage*, paru en 1998, qu'il connaît la consécration. Louis Sachar a reçu de prestigieuses récompenses, dont la Newbery Medal 1999 et le prix Sorcières 2001.

Il vit aujourd'hui avec sa femme à Austin, au Texas.

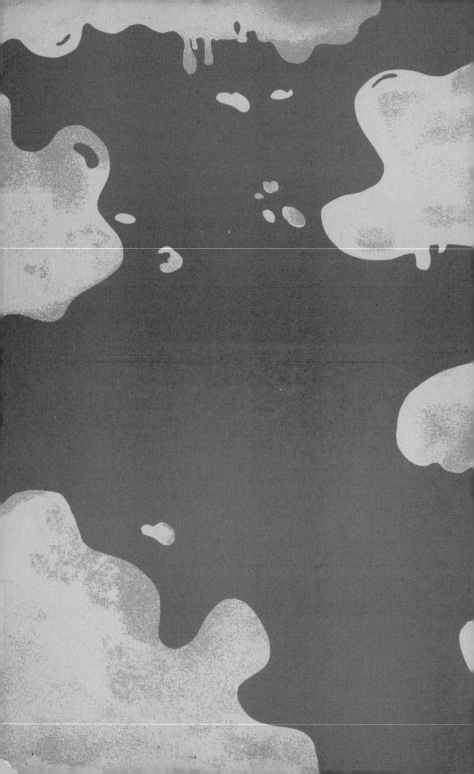